# Les fabuleuses aventures
## d'Aurore

*À nos enfants :*
*Max et Amelia,*
*Tautmina et Raoul*

Maquette : Florence de Lavalette

Loi n° 49-956 du 16 juillet 1949 sur les publications
destinées à la jeunesse : mars 2019

Belfond | un département **place des éditeurs**

place
des
éditeurs

ISBN : 978-2-266-29036-4
Dépôt légal : mars 2019

# DOUGLAS KENNEDY
# JOANN SFAR

## Les fabuleuses aventures d'Aurore

Traduit de l'anglais (États-Unis)
par Catherine Nabokov

PKJ·

Nous: moi et ma soeur Émilie

Cet après-midi, dans la rue, j'ai vu trois terreurs venir vers nous. Elles nous ont souri. Mauvais signe. Quand des terreurs sourient comme ça, ça veut dire : « On va bien rigoler. »

*Nous.* Moi et ma sœur Émilie. Elle a quatorze ans — trois ans de plus que moi. Quand elle a reconnu ces pestes, elle est devenue toute pâle. Elles sont dans la même classe qu'elle et elles la terrorisent.

*C'est exactement ce qu'elles veulent : que tu aies peur.*

J'ai écrit ça à ma sœur, il y a quelques mois, quand a commencé cette histoire de harcèlement. Elle m'a répondu que j'avais raison, mais que ces filles avaient ce pouvoir sur elle : elles la terrorisaient.

C'est pour ça que, quand elle les a vues venir vers nous, elle m'a dit tout bas :

– On traverse.

– Vous allez où, comme ça ? a crié Dorothée, la chef.

Émilie s'est arrêtée net, pétrifiée. Je l'ai prise par la main pour continuer à marcher. Mais Dorothée et sa bande nous ont encerclées.

– Bébé Émilie est sortie faire un tour avec sa gogole de sœur? elle a lancé.

Ses deux copines ont ri, comme chaque fois qu'elle dit quelque chose de méchant. Émilie s'est mise à trembler. J'ai serré fort sa main et j'ai fixé Dorothée droit dans les yeux.

– Regardez-moi cette débile qui se prend pour une dure! s'est exclamée Dorothée.

J'ai commencé à écrire quelque chose.

– Tu sais pourquoi tu ne sais pas parler? a dit Dorothée. Parce que tu es une attardée.

Je lui ai mis sous le nez ce que je venais d'écrire, pour l'obliger à lire :

– Ta mère t'a traitée d'attardée hier, non? Elle te dit toujours des trucs horribles. C'est pour ça que tu joues les caïds.

Dorothée a ouvert des yeux grands comme des soucoupes. Comme si on avait découvert son secret. Ce qui, à mon avis, était le cas.

– Comment tu le sais? elle m'a jeté, d'un air mauvais. Hein? Comment?

J'ai écrit à toute allure :

– Je vois derrière les yeux.

Je vois derrière les yeux des gens.

Je vois derrière les yeux des gens.

C'est mon pouvoir magique.

Quand Maman fait semblant d'être heureuse, je vois bien à quel point elle est triste, en vrai. Quand Pap' me dit qu'il est content de sa vie avec sa nouvelle copine, je lis ses soucis dans son regard. Et je sais qu'Émilie pense que c'est ma faute si Maman et Pap' ne sont plus ensemble, même si elle ne me l'a jamais dit en face.

J'ai demandé à Maman si c'était vrai que les autres avaient des problèmes à cause de moi. Elle m'a répondu :

– Ne laisse personne te dire ça, Aurore. Tu es comme ton prénom : un vrai soleil.

Aurore.

C'est moi !

Pap' m'a raconté qu'il y a très longtemps, à l'époque où on lisait sur des papyrus et où on s'éclairait la nuit avec du feu, les gens adoraient une déesse nommée Aurore.

Grâce à son pouvoir magique, tous les matins, le soleil se levait. Elle veillait à faire partir les ténèbres.

– C'est comme toi, Aurore, m'a dit Pap'. Tu fais disparaître les ténèbres.

Avec Josiane, je peux parler de ma magie : comment mon pouvoir réussit à «faire disparaître les ténèbres». Elle a dit :

– Aider les autres, c'est ça qui est magique.

Josiane a grandi à deux rues de chez moi, mais sa Maman et son Pap' viennent tous les deux d'un pays d'Afrique qui s'appelle le Sénégal. Josiane rit très fort et elle est toujours en train de lire des livres, de parler de politique et de me dire qu'il faut lutter et respecter les autres dans un monde où chacun rend l'autre responsable de ses propres difficultés.

Josiane est très intelligente. Et très inquiète de ce qu'elle considère comme le plus grand problème au monde : l'injustice. Si on n'est pas juste, c'est mal.

– Tu dois être juste, elle me répète tout le temps. C'est la meilleure façon de vivre.

Josiane est ma professeure. Comme j'ai un pouvoir, je ne vais pas dans une école normale. Mon école, c'est à la maison, et Josiane et moi nous travaillons tous les jours pendant plusieurs heures. C'est Josiane qui a découvert que je voyais derrière les yeux des gens. Et c'est elle qui m'a appris comment communiquer avec les autres.

Josiane a été vraiment sévère avec moi pour
m'apprendre à parler sur ma tablette.

Ma magie fait que je ne parle pas comme tout le monde, alors j'écris ce que je veux dire, ce que je pense. Et je pense beaucoup!

Avant Josiane, je n'avais aucun moyen de faire comprendre à Maman, Pap', Émilie ou qui que ce soit ce qui se passait en moi. Josiane m'a donné ce magnifique rectangle noir avec un écran blanc. Elle m'a dit que c'était ma tablette et que, sur ma tablette, je pourrais avoir des conversations, comme tout le monde.

Josiane a été vraiment sévère avec moi pour m'apprendre à parler sur ma tablette.

– Ce que je te demande n'est pas facile, Aurore, je m'en doute bien. Mais tu dois comprendre que si je suis dure avec toi, c'est parce que je sais que tu es géniale. Plus exactement, je sais que tu vas *être* géniale!

Ça m'a pris des mois et des mois, mais j'ai réussi à parler sur ma tablette. Et à parler vite, en plus!

C'est comme ça que j'ai pu révéler à Josiane que je voyais derrière les yeux des gens. Et derrière les siens, aussi.

– À quoi je pense, là? a demandé Josiane quand je lui ai parlé de mon pouvoir pour la première fois.

J'ai aussitôt écrit ma réponse sur ma tablette.

– Tu te dis : «Je sais qu'Aurore est intelligente, mais est-ce qu'elle l'est à ce point? Peut-on vraiment deviner les pensées de quelqu'un?»

Josiane a écarquillé les yeux. Encore plus quand j'ai ajouté :

– Et aussi : «Je dois passer prendre du vin en rentrant parce que Léon vient à la maison.»

Là, elle a eu les yeux ronds comme des billes. Léon est son petit ami.

– Ça, c'est un vrai pouvoir magique, elle a dit.

Un immeuble en forme de frigidaire géant, comme dit Emilie.

Dans ce monde, je vis dans une ville qui s'appelle Fontenay-sous-Bois. Rue de la Maison-Rouge. J'habite un appartement dans un immeuble en forme de frigidaire géant, comme dit Émilie. Maman a été très triste de l'entendre dire ça ; elle a trouvé cet appartement pour nous après qu'elle et Pap' ont décidé de ne plus vivre ensemble. Nous avons dû quitter Paris pour Fontenay où Maman avait obtenu un travail plus important, et parce que, là-bas, elle pouvait avoir un plus grand appartement.

– Et nous ne sommes qu'à onze minutes de Paris! a dit Maman quand Émilie a commencé à pleurer parce qu'on lui faisait quitter son quartier et le monde où elle avait grandi. Tu vas te faire de nouveaux amis, tu auras ta chambre à toi (dans notre ancien appartement, Émilie partageait sa chambre avec moi), et tu pourras prendre le RER jusqu'à Châtelet quand tu voudras.

– Fontenay, c'est nul, a répondu Émilie.

– et nous ne sommes qu'à onze minutes de Paris!

Les trucs "incroyables"
qui se sont passés au bureau.

Maman lui a dit qu'elle apprendrait à l'aimer. En réalité, elle pensait :

«Quelle erreur de s'être installées dans ce coin !»

Quelques instants plus tard, elle a ajouté :

– La vie est plus agréable, ici.

Maman fait toujours bonne figure. Elle est responsable d'un service, dans une banque, et quand elle rentre à la maison, le soir, elle me raconte les trucs «incroyables» qui se sont passés au bureau. Des gens qui veulent emprunter de l'argent pour acheter des choses. Son assistante, Maryse, qui a changé de couleur de cheveux pendant le week-end. La caissière en chef, Agnès, qui va avoir un quatrième bébé — «et elle n'a que trente-deux ans!».

– Tes histoires de banque, c'est casse-pieds, a dit Émilie à Maman, la semaine dernière.

Maman lui a répondu de ne pas être méchante comme ça. Elles se disputent souvent, toutes les deux.

– Tu es vraiment une ado pénible, a dit Maman, quand elles se sont chamaillées.

– J'observe, c'est tout! a répliqué Émilie.

Mais dans ses yeux, j'ai lu :

«Tout le monde dit qu'Aurore voit tout, et qu'elle est super courageuse et incroyable. Tout ça parce que, maintenant, elle peut parler avec sa tablette. Et parce qu'elle est handicapée.»

*Handicapée*. J'ai demandé à Josiane ce que signifiait ce mot. Elle m'a expliqué que je suis née avec un truc qu'on appelle l'autisme. Que ça n'est pas quelque chose de mauvais. Que c'est juste une façon différente de voir le monde. Que quand on a ça, on est unique, parce qu'il n'y a pas une seule espèce d'autisme. Et que même si le mien fait que je ne peux pas parler comme tout le monde, en vrai, c'est génial les super pouvoirs que ça me donne ! Pendant qu'elle me disait ça, je voyais qu'elle pensait :

« Je préférerais tellement ne pas avoir cette conversation avec Aurore en ce moment ! Même si j'ai toujours su qu'un jour ou l'autre je devrais lui expliquer ce qu'est l'autisme, elle m'a vraiment prise au dépourvu. »

J'ai écrit sur ma tablette :

– Je sais que ça te met mal à l'aise de parler de ça, Josiane. Et que tu n'aimes pas le mot *handicapée*.

– Ce qui me met mal à l'aise, surtout…

– C'est que je t'ai « prise au dépourvu » ?

– Je ne peux jamais rien te cacher. En effet, j'aurais préféré avoir cette conversation à un autre moment. Et oui, je déteste le mot *handicapée*. Parce que ça donne l'impression que tu es désespérée, ou que tu as besoin d'être aidée en permanence.

– Mais je sais que je ne suis pas désespérée ! Je suis Aurore et j'ai un pouvoir magique !

– Exactement, Aurore. Ta sœur a choisi le mauvais mot.

– Ma sœur est tout le temps fâchée.

Ma sœur est tout le temps fâchée.

– Elle a quatorze ans. À cet âge-là, on en veut souvent au monde entier.

– Moi, je ne suis jamais en colère. Mais je n'ai que onze ans.

– Ne pas connaître la colère, c'est un talent très rare. Vous n'êtes pas nombreux à avoir cette chance.

– Je ne me sens jamais triste, non plus. Tout le monde est tellement triste, autour de moi…

– La majorité des gens le sont, la plupart du temps, Aurore.

– Comment je peux aider Maman à ne plus être triste?

– Elle continue de voir cet homme qui travaille à la banque?

– Pierre? Il dort à la maison quelques soirs par semaine. Il est toujours gentil avec moi, et je l'ai vu penser : «J'ai beaucoup de chance d'avoir une petite amie comme Cécile.» Au même moment, Maman pensait : «Pierre est gentil, attentionné, facile à vivre. Et je sais qu'il m'adore. Tout comme je sais que je fais du surplace, avec lui.»

*Faire du surplace.* Je n'avais jamais entendu cette expression. J'ai donc pris ma tablette pour en chercher le sens, ainsi que Josiane m'avait conseillé de le faire quand je tombe sur quelque chose de nouveau et d'inconnu. *Faire du surplace*, ça veut dire ne pas faire de progrès. C'est exactement ce que Maman éprouve depuis que Pap' a décidé d'aller vivre ailleurs.

Je suis trop jeune pour lire les livres de Pap'.

Pap' est écrivain. Il s'appelle Alain. Il écrit des romans policiers, avec « des gens pas bien qui font des choses pas bien ». Je suis trop jeune pour lire les livres de Pap'. Josiane m'a dit qu'ils sont très sombres, et excellents.

Pap' et Maman se disputaient beaucoup. Parce que Pap' aime dormir tard, traîner à la maison en pyjama et aller au café avec son ordinateur pour écrire. Maman le traitait toujours de paresseux et Pap' lui répondait qu'elle aurait dû être avec un banquier et pas avec un artiste.

Maintenant, Maman est avec un banquier et Pap' est avec Chloë. Elle est super futée, elle porte des grandes lunettes à monture noire très cool et invente des programmes pour que les ordinateurs fassent des choses intéressantes. Pap' me dit qu'elle travaille sur quelque chose qui pourrait la rendre vraiment célèbre. C'est comme quand je le vois espérer qu'un de ses romans ait plein de lecteurs et qu'ils puissent, lui et Chloë, avoir un appartement plus grand que celui dans lequel ils vivent, rue Manin, dans le 19ᵉ arrondissement. J'aime beaucoup cet appartement, même s'il n'a que deux pièces. Pap' a transformé une petite alcôve en chambre pour moi. Chloë l'a peinte en bleu avec des étoiles partout. Parce que, comme elle me l'a expliqué, très loin d'ici, dans le glacial Arctique, il existe ce qu'on appelle des *aurores boréales.*

– Des espèces d'étoiles incroyablement brillantes et belles, a-t-elle dit. Non seulement tu es la déesse qui éclaire le monde tous les matins, mais tu es aussi une magnifique constellation lumineuse !

Chloë a vingt-neuf ans… ce qui veut dire qu'elle a dix ans de moins que Pap'. J'ai vu derrière les yeux de Chloë et je sais qu'elle a vraiment envie d'avoir un bébé avec Pap'. J'ai vu aussi ce que pensait Pap' :

« Si elle a un bébé, je serai complètement coincé. »

J'adore être avec Pap'. En vrai, quand il n'est pas en train de s'inquiéter à propos de ses romans, de l'argent ou de Chloë qui veut devenir maman, il est super drôle et il me raconte des histoires complètement dingues. Ma préférée, c'est celle du hamster qui vivait il y a très long-temps, qui s'appelait François, qui pouvait prédire l'ave-nir et qui était le plus proche conseiller d'un célèbre roi de France, Louis XIV. Ce roi, pour remercier le hamster, lui avait donné son propre château, à Versailles, avec, dedans, une gigantesque roue pour hamster.

Chloë l'a peinte en bleu avec des étoiles partout.

Si elle a un bébé, je serai complètement coincé.

Pap' adore que je parle si vite avec ma tablette. Il me répète tout le temps que je suis super intelligente. Évidemment, je n'ai jamais rien dit à Pap' ou à Maman, pour mon pouvoir magique qui me permet de voir derrière les yeux des gens. Josiane m'avait expliqué qu'ils seraient vraiment mal à l'aise s'ils savaient que je peux deviner leurs pensées.

Je ne leur ai pas non plus raconté mon très grand secret (à personne, d'ailleurs) : je n'habite pas seulement dans les appartements de Maman et de Pap'…, je vis aussi dans un endroit qui s'appelle Sésame. J'ai découvert Sésame un jour où Pap' m'a montré un tour de magie : il a fait disparaître une pièce qu'il avait dans la main et l'a ensuite sortie de derrière mon oreille. J'ai tellement aimé que je lui ai redemandé trois fois de recommencer. Au début du tour, il agitait sa main au-dessus de celle qui était fermée avec la pièce dedans, en répétant plein de fois « *Abracadabra !* ». Puis il ouvrait la main, et la pièce avait disparu. Ensuite, il tendait le bras vers mon oreille, il disait « *Sésame !* », il ouvrait la main et, sur sa paume, il y avait la pièce qui avait disparu.

Pap' aussi fait de la magie !

Cette nuit-là, dans ma petite alcôve chez Pap', allongée dans mon lit, j'ai regardé les étoiles que Chloë a peintes sur les murs. Toutes ces petites aurores. Je me suis concentrée sur une étoile et j'ai répété dans ma tête le mot que Pap' avait dit : « Sésame ! ».

Pap' adore que je parle si vite avec ma tablette.

Je vis aussi dans un endroit qui s'appelle

Sesame !

Quelques instants plus tard, je me suis retrouvée dans un monde complètement nouveau. J'ai d'abord pensé qu'il était très semblable au monde de d'habitude, parce que j'étais rue du Théâtre, dans le 15e arrondissement. C'est la rue où nous habitions tous ensemble, avant que Maman et Pap' ne disent qu'ils se séparaient. Sauf qu'à Sésame, les couleurs étaient bien plus brillantes, le ciel était d'un bleu vif, les rues étaient très propres, et tout le monde souriait. Même Mme Turgeon, la boulangère grognon du coin de la rue, m'a accueillie d'un joyeux «Bonjour» et m'a demandé où je ferais du vélo, aujourd'hui. Je lui ai répondu que j'attendais mon amie Aube.

– Ah, vous êtes inséparables, Aube et toi! a-t-elle dit.

– C'est vrai. Aube est ma meilleure amie.

J'ai parlé avec Mme Turgeon sans ma tablette. À Sésame, je parle comme tout le monde. Aube habite la rue à côté de chez moi. Elle a onze ans, elle aussi. On fait tout ensemble, et on se promène partout sur notre tandem.

Notre endroit préféré, c'est un parc où viennent se promener les chiens. Aube et moi, nous adorons les chiens, et là-bas, il y en a des centaines. Beaucoup d'entre eux nous connaissent. Ils ont le droit d'aller au parc sans leurs maîtres et sans être tenus en laisse. À Sésame, les chiens ne se battent jamais. Les problèmes n'existent pas, de toute manière. Aucune peste pour terroriser Émilie. Maman et Pap' sont heureux ensemble.

à Sésame je parle comme tout'le monde

NOTRE TANDEM

Et tout le monde souriait

À l'école, Aube et moi nous sommes assises l'une à côté de l'autre, et je lève toujours la main quand la maîtresse, Mme Triffaux, pose une question. Elle me répète chaque jour :

– Tu as tellement de choses à dire sur tout, Aurore !

Aube connaît ma vie dans le *Monde dur*, comme elle l'appelle. Et elle sait bien que je suis la seule personne heureuse, là-bas. Aube n'a pas de pouvoir, elle ne pourrait quitter Sésame que si je lui demandais de venir avec moi. Dans le Monde dur, personne ne la remarquerait : elle serait invisible, je serais la seule à la voir. Moi, je peux entrer dans Sésame et en sortir quand ça me chante. Pour ça, je dois juste regarder une étoile. J'en ai aussi une sur ma tablette, maintenant : Chloë l'a dessinée pour moi puis elle l'a scannée avec ma tablette. Je la regarde, je dis «Sésame !», et me voilà de retour sur notre tandem, avec Aube.

Avec Aube, nous avons conclu un pacte. Quand je retourne dans le Monde dur, elle reste toujours joignable pour me soutenir, me donner des conseils ou m'aider à résoudre les problèmes des autres.

– Dans le Monde dur, les gens sont seuls, d'une manière ou d'une autre, m'a dit Aube. C'est pour ça que les amis ont été inventés. Pas seulement pour s'amuser avec eux, mais surtout pour se sentir moins seul.

Je dois juste regarder une étoile.

Elle s'appelle Lucie.

É milie aussi a une super amie. Elle s'appelle Lucie et elle est dans sa classe. Lucie est super douée en calcul. Elle est capable de faire de tête des additions et des soustractions à beaucoup de chiffres, et, en plus, elle trouve que les maths, c'est cool. Surtout un truc qui s'appelle la géométrie, avec des histoires de formes, de mesures, de lignes et d'angles.

– Les maths, c'est de la poésie, m'a dit Lucie, hier, quand elle traînait à la maison avec Émilie.

Elle avait apporté un sac rempli de morceaux de bois peints avec des couleurs magnifiques. Elle les a étalés sur le sol pour dessiner un triangle et elle m'a expliqué que, en géométrie, le triangle est considéré comme la forme la plus solide parce qu'il est parfaitement équilibré. Il représente la force, et le fait de ne jamais abandonner.

– Moi, je n'abandonne jamais, ai-je écrit.

Émilie a levé les yeux au ciel et elle a dit :

– Aurore est un triangle.

– Tu es aussi solide que moi, ai-je répondu sur ma tablette.

– En mathématique, j'adore toutes les formes et toutes les tailles, a dit Lucie, après avoir avalé trois macarons d'affilée. Mais dans la vraie vie, si tu n'as pas la bonne forme ou la bonne taille, tout le monde se moque de toi… et moi, je suis un carré.

J'ai vu ses pensées tandis qu'elle prenait un autre macaron.

« Je déteste ma forme et ma taille. Je me déteste. »

Et là, Lucie a demandé à Émilie si elles pouvaient commander une pizza.

Quand Maman est rentrée, le soir, et qu'elle a vu les boîtes de macarons et de pizza vides — et que tous ses macarons préférés avaient été mangés —, elle a embrassé Lucie sur les deux joues et lui a dit qu'elle était magnifique. Émilie se sentait coupable parce qu'elle sait que Maman s'inquiète pour le poids de Lucie. Et aussi parce que la maman de Lucie, Martine, une coiffeuse très mince et qui fume tout le temps des cigarettes, fait la guerre à sa fille pour qu'elle mange moins. Elle l'appelle « gros bébé » et « poubelle ambulante ».

« Maman va me tuer », a pensé Émilie.

Mais après le départ de Lucie, Maman l'a félicitée d'être une si bonne amie. Elle a demandé si Lucie subissait toujours autant de brimades.

Et là, Lucie a demandé à Emilie si elles pouvaient
commander une pizza.

Elles lui ont donné un surnom horrible.

– Oui, Dorothée et les Cruellas — c'est comme ça que j'appelle leur bande — passent leur temps à se moquer de son poids, a répondu Émilie. Elles lui ont donné un surnom horrible : «l'éléphant».

– On ne doit jamais ridiculiser quelqu'un à cause de son physique, a dit Maman.

Mais j'ai vu ce qu'elle pensait, au même moment :

«Pauvre Lucie. Elle aimerait ne pas être comme elle est… et en même temps, en mangeant comme elle mange, elle fait tout pour rester comme ça. C'est dommage de voir une fille aussi adorable avoir une si mauvaise image d'elle-même.»

Ce soir, je suis chez Pap'. Il m'a raconté une nouvelle histoire sur François le Hamster : comment il avait été invité à la première d'une pièce très drôle qui s'appelait *Tartuffe*, écrite par un célèbre écrivain du nom de Molière. Et comment François était resté sur les genoux de Louis XIV pendant tout le spectacle et avait vu le roi rire comme un fou. Mais ensuite, un genre de conseiller de Louis XIV avait dit que la pièce se moquait de la religion et il lui avait suggéré de l'interdire à Paris. Mais François a convaincu le roi que la pièce devait être jouée, en lui disant qu'on avait besoin des écrivains pour montrer à quel point les gens croyaient parfois en des choses absurdes et fausses. Et Louis XIV a rejeté l'avis de ces hommes de Dieu pas drôles et laissé le public voir la pièce de Molière.

– Donc, la morale de l'histoire, c'est qu'un écrivain a toujours besoin d'un hamster qui a l'oreille du roi? a demandé Chloë.

Pap' a ri, mais en pinçant les lèvres, comme il fait quand quelqu'un dit quelque chose sur un ton qu'il ne trouve pas très gentil. Il a commencé à étaler un peu de fromage sur un morceau de pain.

– Ton Pap' chéri adore son fromage, a dit Chloë.

– Moi aussi, j'adore mon fromage, j'ai écrit sur ma tablette. Surtout le bleu, comme Pap'!

– Chloë a peur que je grossisse, a avoué Pap' en faisant son drôle de sourire de quand il est vexé.

J'ai vu qu'elle pensait :

«Pourquoi ai-je dit une chose aussi stupide?»

Elle a tendu la main pour prendre celle de Pap' et elle lui a murmuré :

– Pardon.

Pap' s'est penché et l'a embrassée. Dans sa tête, il se disait :

«Elle me fait peur quand elle veut tout contrôler.»

J'ai alors compris quelque chose à propos des adultes. Même s'ils n'ont pas mon pouvoir magique — voir derrière les yeux des gens —, ils peuvent deviner d'un simple coup d'œil les pensées de quelqu'un. Chloë a su ce que Pap' pensait. Et elle avait beau lui sourire le plus possible, j'ai vu ce qu'il y avait derrière ses yeux.

Un écrivain a toujours besoin d'un hamster.

«Si je le fais fuir, je vais le regretter. C'est peut-être un drôle de lascar, mais un lascar gentil. Et un sacré bon père.»

J'ai aussitôt écrit quelque chose sur ma tablette, que j'ai montré à Pap' :

– Tu devrais avoir un bébé avec Chloë.

Pap' est devenu tout pâle.

Josiane essayait de me faire dire un mot : «je».

Elle sait que je n'arrive pas à former des mots avec ma bouche ; que je ne peux toujours pas parler, à cause de mon super pouvoir. Mais elle est déterminée à ce que je puisse m'exprimer comme tout le monde. Au cours de nos dernières leçons, elle est restée concentrée sur un mot : «je».

J'ai ouvert la bouche. J'ai essayé d'imiter ce que disait Josiane. Comme toujours, rien n'est sorti. J'ai tenté plusieurs fois, Josiane m'a encouragée en me répétant qu'elle savait que j'y arriverais. Mais au cinquième essai, j'ai pris ma tablette :

– Pourquoi je devrais parler comme tout le monde alors que je le fais très bien avec ça? Et si tu veux que je dise «je»…

Sur ce, j'ai appuyé en continu sur les touches «J» et «E», et rempli l'écran de : jejejejejejejejejejejejejejeje-jejejejejejejejejejejejejejejejeje

J'ai juste souri. Josiane a eu l'air triste

jejejejejejejejejejejejejejejejejejejejejejejejejejejeje-
jejejejejejeje

jejejejejejejejejejejejejejejejejejejejejejejejejejejeje-
jejejejejejeje

Josiane a secoué la tête.

– Très drôle, Aurore. Mais je sais que, au plus profond
de toi, tu as la capacité de prononcer ce mot.

J'ai juste souri. Josiane a eu l'air triste.

– Je suis ta professeure depuis maintenant deux ans. Et
le fait que tu ne parles toujours pas…

Je lui ai pris doucement le bras et, de l'autre main, j'ai
écrit sur ma tablette :

– Ne t'en fais pas pour ça, Josiane. Tu as réussi à me
faire parler grâce à ma tablette. C'est vraiment super. Et
ça change tout, pour moi.

– Pourtant, quand on a l'usage de la parole…, a-t-elle
répliqué.

«Mais je l'ai!» je mourais d'envie de lui crier. «C'est juste
que je ne l'ai pas ici.»

Quand Josiane est partie dans la salle de bains, quelques
instants plus tard, j'ai changé d'écran, sur ma tablette,
pour voir la magnifique étoile que Chloë a dessinée pour
moi. Je l'ai regardée intensément et j'ai murmuré dans
ma tête : «Sésame!» Et hop, j'étais sur mon tandem avec
Aube, en direction du parc à chiens.

– Pourquoi je n'arrive pas à parler, dans le Monde dur? ai-je demandé à mon amie, en m'exprimant sans la moindre difficulté.

– Parce que ça perturberait ton pouvoir magique! a répondu Aube.

– Mais je voudrais bien parler comme tout le monde, pour faire plaisir à Josiane.

– Tu le fais en écrivant! Ça rend ce que tu dis encore plus intéressant car tu dois réfléchir avant d'écrire. Les mots, ça compte. Surtout à l'écrit. Et avec tes mots, tu aides les autres. Comme tu es différente, tu vois les choses sous un angle particulier, que la plupart des gens ne soupçonnent même pas.

J'ai ensuite parlé à Aube de Lucie et de ses problèmes.

– Les gens sont prisonniers de leur image, a dit Aube. Dans le Monde dur, on te répète en boucle que si tu n'es pas mince et musclé, ce n'est pas bien. C'est complètement faux, et ça rend beaucoup de personnes malheureuses. Ici, à Sésame, on s'en fiche que les gens soient grands, petits, gros ou minces. Et tu ne verras jamais qui que ce soit s'énerver contre quelqu'un.

Elle a conduit le tandem jusqu'au magnifique espace vert où gambadaient des chiens en liberté. Ils se couraient après joyeusement, ne se battaient jamais, ni même n'aboyaient d'un air méchant. On pouvait voir toutes sortes de chiens. Des grands et des petits. Des élancés et des rondouillards. Certains couraient vite,

d'autres marchaient lentement. Certains étaient très bruyants, d'autres ne bronchaient pas. Et puis, il y avait les maîtres des chiens... Un motard couvert de tatouages qui mangeait un éclair en se frottant le ventre et en riant pendant que son cocker faisait des sauts périlleux sur la pelouse pour impressionner un énorme chien de berger. La propriétaire du chien de berger en question était une grande femme mince qui portait une sacoche à l'épaule. Elle a offert au motard un exemplaire de son recueil de poèmes. Ensuite j'ai vu un jeune couple, dans des vêtements très cool, l'air heureux, assis dans l'herbe, un golden retriever à côté d'eux. Le type dessinait tous les chiens sur un grand bloc de papier blanc ; sa copine écrivait dans un carnet. Un peu plus loin, un vieux couple se tenait par la main — des grands-parents ! —, un pique-nique étalé devant eux, lisant chacun un livre.

– Tu sais ce que j'aime vraiment à Sésame ? ai-je dit à Aube. Tout le monde lit ! Et personne ne se dispute ni ne se met en colère. Et tous les chiens sont amis.

– Tout le monde se parle, à Sésame, a répondu Aube. Nous aimons aussi les mots imprimés sur les pages. Et même, personne ne regarde un téléphone.

J'ai soudain entendu une voix qui venait du Monde dur.

– Aurore !

C'était Josiane.

– Je dois y aller, ai-je dit à Aube.

et tous les chiens sont amis.

– Tu reviendras ce soir ?

– Tu sais, je serais vraiment contente si tu pouvais me rendre visite là-bas, dans le Monde dur.

– Si tu as besoin de moi, viens me chercher, a dit Aube. Mais je ne pourrai pas rester dormir. Je ne peux aller dans le Monde dur que pour t'aider à aider les autres.

– Aurore ! a crié Josiane, dans mon autre vie.

J'ai serré Aube dans mes bras pour lui dire au revoir. Puis j'ai fermé les yeux et prononcé les trois mots qui me renvoient à la maison : « *Retour aux problèmes* ». Est-ce dur de revenir dans le Monde dur ? Pas vraiment, dans la mesure où Sésame me permet de m'en échapper. Et aussi parce que, en dehors d'Aube, tous ceux que j'aime y vivent. Avec leurs problèmes.

– Retour aux problèmes, ai-je murmuré de nouveau.

J'ai ouvert les yeux et je me suis retrouvée dans notre appartement. Josiane me dévisageait avec curiosité.

– Où étais-tu ? a-t-elle demandé.

– Ailleurs.

– Dans un lieu imaginaire ?

– Non, très réel. J'ai aussi une question très réelle : comment puis-je aider Lucie, l'amie de ma sœur, à s'aimer davantage ? Je sais qu'elle déteste son corps ; pourtant, moi je la trouve vraiment bien. Et elle n'arrête pas de manger, ce qui fait qu'elle se déteste encore plus.

– Tu m'es pas responsable du bonheur des autres.

Josiane a dit :

– Je vais t'apprendre quelque chose d'important, Aurore :
tu n'es pas responsable du bonheur des autres. Tout
comme ils ne sont pas responsables du tien.

– Mais je peux les aider à être heureux?

– Tu peux *essayer*. C'est formidable de vouloir aider les
autres, mais tu ne peux pas forcer des gens à voir la vie
en rose. C'est à eux de le faire.

J'ai pensé à Maman et à Pap', qui ont si souvent l'air
tristes et déçus par beaucoup de choses. Et à Émilie, qui
est tellement angoissée par l'école, par les garçons, et
par ce que les autres filles disent d'elle. Et à la pauvre
Lucie, si douée pour les maths et si mal dans sa peau.

– Est-ce qu'on choisit d'être heureux? ai-je demandé
à Josiane.

Elle a réfléchi un moment à la question avant de
répondre :

– On a toujours le choix, Aurore.

Samedi, c'est l'anniversaire d'Émilie et Maman nous offre un super cadeau : nous passons la journée à Monster Land !

Émilie rêve d'y aller depuis longtemps. Ses copines d'école le lui ont dit : c'est trop marrant et effrayant, avec des attractions super cool et une piscine remplie de dragons ! Je veux vraiment y aller, moi aussi, maintenant que Josiane m'a appris à nager. Grâce à ma tablette, j'ai découvert que la piscine de Monster Land faisait cinquante mètres de long. J'ai décidé de nager trois cents mètres, quand j'y serai ! Josiane m'a dit que le sport était bon non seulement pour le corps mais aussi pour l'esprit.

– Ça permet de mieux réfléchir et, en plus, ça évacue la tristesse.

– Mais je ne suis jamais triste ! ai-je répondu à Josiane.

– C'est vrai, et tu as bien de la chance. Parce que la plupart des gens ont une forme de tristesse au fond d'eux.

– Peut-être que si on faisait nager Lucie, ça la rendrait plus forte et plus heureuse ?

– Rappelle-toi ce que je t'ai dit, Aurore : tu peux suggérer à une personne qu'elle peut faire des progrès, mais tu ne peux pas la forcer à changer.

– Je ne vais pas être autoritaire, promis !

Quand j'ai appris qu'Émilie avait invité Lucie à venir avec nous à Monster Land, j'ai demandé à Lucie si elle voulait, avant ça, prendre une leçon de natation avec moi dans la grande piscine près de chez nous, à Fontenay. Elle a refusé, parce que les Cruellas y étaient souvent et qu'elles se moqueraient d'elle en la voyant en maillot de bain. J'ai dit :

– Mais je serai là pour te défendre. Josiane aussi. Et elle est hyper forte contre les caïds et les harceleurs.

– J'ai peur, a dit Lucie.

– On a tous peur de quelque chose, ai-je écrit.

– Pas toi.

Maman a quand même réussi à convaincre Lucie de prendre son maillot pour notre sortie à Monster Land. Elle est hyper excitée à l'idée de cette excursion : depuis plus d'un an, elle suppliait sa mère de l'y emmener.

– Mais elle ne veut pas que j'y aille tant que je n'ai pas perdu dix kilos, a-t-elle expliqué.

– Tu es belle comme tu es, Lucie, a dit Maman.

Lucie avait les yeux pleins de larmes. Elle a répondu :

– J'ai dû raconter à ma mère que j'allais chez Émilie et qu'on resterait là. Si elle apprenait que je vais à Monster Land avec vous...

– Ne t'inquiète pas, l'a rassurée Maman. Je n'en parlerai pas à ta mère.

Et, derrière ses yeux, j'ai vu :

«Je n'arrive pas à comprendre les parents qui font tout pour que leurs enfants se sentent mal dans leur peau. Cette femme devrait être heureuse d'avoir une fille aussi brillante que Lucie.»

Après avoir essuyé ses larmes, Lucie a sorti de son sac à bandoulière un cahier dont les pages étaient couvertes de nombres et de formules. Puis elle a pris un crayon dont le bout était tout mordillé et elle a commencé à faire plein de calculs compliqués. Chaque fois qu'elle trouvait le résultat qu'elle avait imaginé, elle avait un grand sourire. Lucie est vraiment douée pour le calcul. Je me suis aussi rendu compte qu'elle fait des maths quand elle est contrariée, pour se calmer. Exactement comme Pap' qui écrit quand il est angoissé. Ou comme Maman qui range les étagères ou court cinq kilomètres quand elle a eu une mauvaise journée. Je commençais à comprendre quelque chose : se plonger dans le travail ou faire quelque chose qui vous fait du bien est un bon moyen de tenir la tristesse à distance.

Nous avons pris le RER pour Monster Land. J'adore le train. J'en profite pour observer les gens. Pap' m'a dit que c'est une des choses les plus instructives à faire, quand on est dans un lieu public.

– Tu regardes une personne et tu essaies d'imaginer son histoire, m'a-t-il expliqué. Tout le monde a une histoire, et pas forcément celle qu'on croit. C'est pour ça que chaque individu est intéressant.

Donc, dans le RER, j'ai suivi le conseil de Pap' et j'ai commencé à regarder les gens. Je me suis mise à observer un homme au visage fatigué, en costume gris, avec une grosse mallette, qui fouillait dans un épais dossier plein de feuilles. Il avait l'air soucieux. J'ai décidé que son histoire était :

«Mon patron veut que je sois le meilleur. Mais porter un costume toute la journée, je n'aime vraiment pas ça. Je rêve de m'enfuir, d'être clown dans un cirque, de voyager partout avec des acrobates, des jongleurs, des girafes et des chevaux, et de faire rire les gens!»

Ensuite, j'ai vu une jeune femme tout en noir, avec du rouge à lèvres noir, des cheveux orange vif hérissés et un chouette piercing en argent dans le nez, qui écrivait à toute allure dans un carnet noir avec un stylo noir. Je me suis dit qu'elle était chanteuse, qu'elle avait son propre groupe et qu'elle était en train d'écrire une chanson triste sur le dernier type qui l'avait laissée tomber.

Je rêve de m'enfuir, d'être clown dans un cirque.

Je me suis dit qu'elle était chanteuse.

Elle voudrait être chef d'orchestre !

Dans sa chanson, elle disait aussi que, même dans le monde des adultes, les garçons avaient peur des filles parce qu'elles étaient plus mûres.

Et puis il y avait une femme qui avait d'épaisses lunettes, une jupe longue complètement démodée et un air strict : une directrice d'école, à tous les coups ! Elle avait un casque sur la tête et écoutait quelque chose en agitant les mains.

«Elle voudrait être chef d'orchestre !»

Maman m'a vue en train d'observer tous les passagers autour de nous.

– Tu fais exactement comme Pap', m'a-t-elle dit. Toujours en train de regarder les gens.

– Est-ce que Pap' te manque ? lui ai-je demandé.

Elle a détourné la tête, en pensant :

«Aurore est trop observatrice.»

– Ton Pap' est un homme très gentil et il adore ses deux filles.

– Alors pourquoi tu ne retournes pas avec lui ? ai-je écrit.

– Arrête d'embêter Maman, a dit Émilie. De toute façon, Pap' a sa petite amie, maintenant. Pourquoi il aurait envie de revenir avec nous ?

– Pap' nous aime toutes, ai-je répondu.

– Toi, il t'aime plus ! a lancé Émilie.

– Ça n'est pas vrai, a répliqué Maman. Et il a rencontré Chloë après que j'ai décidé qu'on se sépare, lui et moi.

– Tu vois, c'est à cause de toi que notre famille s'est brisée ! a dit Émilie à Maman.

– Ça n'est pas juste pour Maman, ai-je écrit. C'est la faute de personne.

Maman a eu l'air vraiment triste. Mais elle a très vite chassé ça, à sa manière super positive, en affichant un grand sourire et en disant :

– Arrêtons de parler de ça aujourd'hui, surtout devant Lucie : on va à Monster Land !

Lucie a haussé les épaules.

– Pas de problème. Ma famille aussi, c'est n'importe quoi.

Les portes de Monster Land étaient en forme de bouche de baleine, avec de l'eau qui jaillissait des dents. À l'intérieur, nous avons été accueillies par un homme bossu qui s'appelait Quasimodo, dont le visage était couvert de cicatrices et qui n'avait qu'un œil. Lucie et Émilie se sont mises à hurler quand il a passé ses bras autour de leurs épaules pour les emmener dans le parc.

– Vous êtes le Quasimodo du célèbre roman ? a demandé Maman.

– Votre maman est une sacrée lectrice, a dit Quasimodo, en nous expliquant que oui, il était l'un des héros d'un roman : *Notre-Dame de Paris*.

– Maman ne lit pas autant de livres que Pap', a commenté Émilie.

– C'est pas vrai, ai-je écrit. Maman adore les livres.

– Pap' encore plus qu'elle, a répondu Émilie.

– Inutile de faire des comparaisons, Émilie, a dit Maman.

– Donc, vous êtes un gentil monstre ? a demandé Émilie à Quasimodo.

– Donc, vous êtes un gentil monstre ?

– Je ne suis pas un monstre ! Je suis aussi normal que toi. J'ai juste l'air différent.

J'ai écrit :

– Vous avez raison, Quasimodo. Moi aussi, tout le monde pense que je suis différente.

– Moi aussi, a ajouté Lucie.

– Je ne voulais pas vous faire de peine, a dit Émilie à Quasimodo. Mais comme nous sommes à Monster Land, j'ai pensé...

– Il faut faire attention aux mots qu'on utilise pour parler des autres, a précisé Maman. Et ne pas juger trop vite.

– Ça, j'en sais quelque chose, a conclu Lucie.

Quasimodo nous a conduites jusqu'à un manège effrayant qui s'appelait « La Méduse ». Nous sommes montées dans des petits wagons et nous sommes entrées dans un tunnel tout noir. On n'a plus rien vu pendant quelques instants. Puis nous nous sommes retrouvées nez à nez avec une femme qui avait des serpents en guise de cheveux ! Émilie et Lucie ont poussé des hurlements. Maman a crié :

– Ne regardez pas son visage ! Sinon, vous allez être transformées en pierre !

Nous avons fermé les yeux. Sauf qu'au même moment nous avons entendu un énorme grondement. Nous avons aussitôt rouvert les yeux et vu la bouche de la Méduse grande ouverte. Elle a englouti notre wagon. On était dans le noir ! Émilie et Lucie hurlaient comme des folles. Et Maman aussi! Moi aussi, j'avais la bouche grande ouverte, mais aucun son n'est sorti, même quand le wagon a dévalé une longue pente, puis viré sur la gauche en se penchant tellement que j'ai cru qu'on allait tomber. Et là, au moment où on repartait tout droit, une autre Méduse a surgi devant nous! Nous avons toutes crié de plus belle (mes cris à moi étaient toujours silencieux). Le wagon a fait un genre de looping et nous nous sommes pratiquement retrouvées la tête en bas. À peine étions-nous à l'horizontale que quatre nouvelles Méduses nous sont tombées dessus. On a sursauté, terrifiées. Et là… bam! on a été projetées en pleine lumière. Émilie et Lucie hurlaient de rire comme des folles. Maman, elle, faisait une de ces têtes. Comme si elle venait de voir un fantôme… ou six Méduses à la fois! J'ai brandi ma tablette, où je venais d'écrire :

– C'était trop super!

Plus loin, il y avait un Cyclope. Un énorme monstre avec des tentacules moches et un seul œil. Un géant nous a accueillies devant l'attraction. Il devait faire trois mètres de haut et, vu sa tête, il avait dû regarder trop longtemps la Méduse. Il nous a dit qu'il s'appelait Pantagruel. Il était le Prince des géants et allait nous protéger du Cyclope, «un monstre qui est parfois imprévisible».

Pantagruel nous a indiqué une capsule attachée à l'un des tentacules. Maman ne voulait pas monter dedans.

– Ça fait très peur? a-t-elle demandé.

J'avais la bouche grande ouverte, mais aucun son n'est sorti.

Il nous a dit qu'il s'appelait Pantagruel.

Les filles, vous allez adorer

– Les filles, vous allez adorer ! a-t-il assuré en forçant Maman à s'asseoir.

Puis il nous a dit d'attacher nos ceintures de sécurité.

– Et moi, je vais détester ? a insisté Maman, inquiète.

– Je ne veux pas vous gâcher le plaisir, a répondu Pantagruel en refermant sur nous le couvercle en plastique de la capsule.

– Je n'aime pas du tout ce bruit, a protesté Maman.

Trop tard. Elle ne pouvait plus sortir : le tentacule est monté d'un coup dans les airs et le grondement du Cyclope a rempli la capsule. On était vraiment très, très loin du sol. Tout est devenu silencieux. On était suspendues en l'air, sans bouger. Un fort sifflement a retenti, le Cyclope s'est remis à grogner, et là, tout est devenu dingue ! La capsule s'est mise à tourner sur elle-même, comme une toupie qui faisait des sauts périlleux.

On s'est retrouvées la tête en bas, puis dans le bon sens, puis de nouveau la tête en bas. Quatre fois de suite ! Émilie et Lucie ont hurlé encore plus fort, cette fois, et Maman n'arrêtait pas de crier : « C'est un malentendu ! Laissez-moi descendre ! » Moi, je tenais ma tablette de toutes mes forces pour l'empêcher de s'envoler : j'avais trop peur qu'il ne lui arrive quelque chose. Mais je ne protestais pas. Parce que, là encore, c'était trop cool !

Tout à coup, le tentacule nous a fait descendre à toute allure, comme si on plongeait vers le sol. Et il a remonté aussi vite et on a refait des sauts périlleux encore cinq ou six fois, avec Maman qui hurlait : «Arrêtez ça ! Plus jamais !» Puis le tentacule nous a propulsées vers le sol, et s'est arrêté juste avant qu'on s'écrase !

– Alors ? Ça n'était pas du tonnerre ? a crié Pantagruel en ouvrant le couvercle en plastique.

Maman a voulu répondre, mais, visiblement, elle avait perdu l'usage de la parole. Donc j'ai regardé derrière ses yeux, et j'ai noté sa pensée sur ma tablette :

– «Personne ne m'avait dit qu'être mère, c'était ça !»

Quand elle a vu ce que j'avais écrit, Maman est sortie de son état de choc.

– Efface ça immédiatement, Aurore ! a-t-elle lancé.

– Tu passes ton temps à me répéter qu'il faut dire «s'il te plaît» quand on demande quelque chose à quelqu'un. Non ?

– S'il te plaît ! a-t-elle ajouté.

– Je veux refaire un tour, a dit Émilie.

– Pas question ! a répondu Maman.

Elle, ça n'avait pas l'air de lui plaire du tout.

– Est-ce qu'on peut manger quelque chose ? a demandé Lucie, avant d'ajouter la formule magique : S'il vous plaît.

– Comment tu peux avoir faim après ce qu'on vient de subir ? s'est étonnée Maman.

– C'était super ! Et j'ai faim en permanence. Et après le déjeuner, on pourra aller à la «Momie égyptienne», s'il vous plaît ? J'ai consulté le site de Monster Land.

- Personne ne m'avait dit qu'être mère, c'était ça.

C'est une attraction où il y a une salle que j'aimerais beaucoup visiter.

Je n'ai pas eu le temps de demander à Lucie de quelle salle il s'agissait : Maman a direct proposé qu'on aille d'abord à la piscine, qu'on enfile nos maillots et qu'on nage — «pour éliminer ces tours de monstres que nous avons faits».

– Je pense que je peux attendre un peu avant de manger, a conclu Lucie en sortant des vestiaires.

je pense que je peux attendre un peu
avant de manger.

Sur le chemin vers le grand bassin, Maman nous a raconté que, comme Quasimodo, Pantagruel était un monstre français très célèbre, créé des siècles plus tôt par un écrivain incroyable à l'imagination échevelée du nom de Rabelais. Et les Cyclopes étaient des géants avec un seul œil, dont on parlait dans une histoire qui s'appelait l'*Odyssée* et qui avait été écrite des milliers d'années auparavant par un Grec nommé Homère. Quant à Méduse, elle faisait aussi partie des mythes anciens et, selon la légende, si on la regardait, on était transformé en pierre.

– C'est quoi, les mythes? ai-je demandé à Maman.

– Dans l'Antiquité, les mythes expliquaient la création du monde et comment les dieux contrôlaient tout.

– Pap' m'a dit que dans l'Antiquité Aurore était une déesse, ai-je écrit.

– Et voilà qu'elle recommence..., a dit Émilie. Toujours en train de croire qu'elle est spéciale. Une déesse, sérieux ?

– C'est pas cool, ai-je écrit. Je répète juste ce que Pap' m'a dit.

– Parce que tu es sa déesse !

– C'est pas vrai !

– Je vous l'ai déjà dit des centaines de fois : Pap' vous aime autant toutes les deux, a dit Maman.

– Vous connaissez beaucoup de livres, madame, a lancé Lucie, comme un cheveu sur la soupe.

Je la voyais penser :

«Il faut absolument que j'arrête cette dispute entre Émilie et sa sœur !»

Maman a souri, ravie que la discussion soit interrompue.

– C'est gentil de me dire ça, Lucie.

– Mais c'est vrai ! Vous savez tellement de choses sur les écrivains et sur les histoires que les gens se racontaient.

– J'ai toujours aimé lire, a dit Maman.

– Est-ce que vous vouliez écrire, aussi ? a demandé Lucie.

– Écrire, moi ? Quelle idée ! Mais j'adorais que le père d'Émilie et d'Aurore soit écrivain. Tout comme j'aimais le fait que nous passions notre temps à lire et à parler de livres ensemble.

Maman s'est détournée un instant. Mais derrière ses yeux, j'ai vu :

«J'aurais dû être plus patiente avec Alain. Je n'aurais pas dû le rejeter. »

Émilie a pris la main de Maman, comme si elle aussi avait lu derrière ses yeux. Elle l'a pressée doucement entre ses doigts et l'a tenue durant tout le trajet. De la part de ma sœur, c'était vraiment gentil. Et rare, parce que Maman et elle se disputent souvent. Maman croit qu'Émilie ne l'aime pas, je l'ai vu dans ses pensées. Et Émilie fait tout le temps des remarques comme quoi c'est la faute de Maman si Pap' ne vit plus avec nous. Un jour où on était chez Pap', pendant qu'il était sorti acheter du pain pour le dîner, Émilie s'est plainte auprès de Chloë du fait que Maman s'inquiétait pour un rien et voulait la surveiller sans cesse. Chloë a pris Émilie par les épaules et lui a raconté que, quand elle avait quatorze ans, elle aussi trouvait que sa mère était casse-pieds, «toujours sur mon dos ». Puis elle a dit :

– Je n'ai rencontré ta mère qu'une seule fois. Ce n'était facile ni pour elle ni pour moi, mais elle a été très gentille, alors que je voyais que ça lui coûtait beaucoup. Tu sais ce qu'elle m'a dit ? «Merci d'être aussi douce et bienveillante avec mes deux filles. » C'était courageux de sa part. Et j'ai pensé : «Elle aurait pu être désagréable ou distante, au lieu de ça elle est gentille. » J'ai compris que c'était quelqu'un de bien. Même si, parfois, elle te rend folle… Bon, ça arrive à toutes les mères. Au moins, la tienne n'est pas malheureuse, n'est-ce pas ?

Emilie a pris la main de maman.

Émilie a hoché la tête.

– Tu as de la chance, a dit Chloë. Ma maman est tout le temps insatisfaite, elle ne voit jamais le bon côté des gens et des choses. Ta mère sourit même quand la situation est dure. C'est un don rare et précieux que tu dois chérir.

J'ai regardé Émilie tenir la main de Maman tandis que nous marchions, et je l'ai vue penser :

«Pauvre Maman... Parfois, elle est vraiment triste. Et j'aimerais bien réussir à lui faire quitter ce Pierre : il est gentil mais tellement ennuyeux. Elle mérite de rencontrer quelqu'un d'intéressant... Comme Pap'.»

En approchant de l'eau, nous avons entendu des voix. Des voix de femmes. Quatre grandes femmes avec des ailes et un nez en forme de bec d'oiseau se trouvaient un peu plus loin. Elles avaient des harpes et chantaient une chanson qui parlait de nous emmener en bateau vers des destinations lointaines.

– Ce sont les Sirènes, a dit Maman. Dans l'Antiquité, les Grecs pensaient que les Sirènes étaient dangereuses car elles charmaient les hommes en leur donnant l'impression d'être heureux et désirés. Mais ensuite, elles les menaient à la mort.

– Qu'est-ce que ça veut dire, *désirés*? ai-je écrit.

– Ils croient qu'ils vont avoir une petite amie et ils se retrouvent en fait avec un tas de problèmes, a expliqué Émilie.

J'ai demandé :

– Il y a beaucoup d'hommes qui pensent qu'avoir une petite amie signifie avoir un tas de problèmes?

– C'est ce que ma mère répète tout le temps, a dit Lucie. Mais elle ne rencontre jamais quelqu'un de bien.

– Laissons tomber cette histoire et allons nager, a dit Maman, tout sourire.

Avec des dragons qui flottaient !

C'était la plus grande piscine que j'ai vue de ma vie. Avec des dragons qui flottaient! J'ai regardé les gens nager et je me suis rendu compte que, quand ils s'approchaient trop, les dragons crachaient du feu! Ce qui, bizarrement, avait plutôt tendance à encourager les nageurs à venir tout près. Maman a appelé ça: «jouer avec le feu».

L'eau de la piscine était très bleue et sentait la même odeur que le produit de Maman pour garder nos draps bien blancs. Émilie et Lucie ont plongé direct. Maman m'a dit que je devrais en faire autant, mais je ne voulais pas laisser ma tablette au bord de la piscine. J'avais peur que quelqu'un ne la fasse tomber en passant.

– Je vais la surveiller, a dit Maman.

– Mais tu ne pourras pas nager, alors? ai-je écrit.

– Vas-y en premier, j'irai après.

– Tu es une maman trop gentille! Tu penses toujours à nous avant de penser à toi.

Maman a eu un sourire radieux.

Question nage, j'adore la brasse. Josiane m'a expliqué que je devais m'imaginer comme une grenouille qui se laisse glisser dans l'eau. J'allonge mes bras devant, puis j'écarte l'eau de chaque côté tout en poussant sur mes pieds. J'ai essayé le crawl et le dos crawlé, mais c'est la brasse que je préfère. Parce que les grenouilles, non seulement elles avancent très vite dans l'eau, mais en plus elles observent les gens et sont toujours attentives à ce qui les entoure.

Moi, ce que j'ai vu, tout à coup, c'est que Lucie, après avoir nagé jusqu'au milieu de la piscine, semblait angoissée et pas vraiment heureuse de ne pas avoir pied. Émilie lui a dit de se mettre sur le dos. Lucie l'a fait. Émilie l'a alors attrapée par la main et, en nageant la brasse indienne, elle l'a ramenée vers le bord, là où Maman était assise. Sauf qu'elle n'était plus assise : elle était debout et regardait d'un air très inquiet Émilie en train de secourir Lucie, et moi qui suivais, juste derrière. Je restais proche pour pouvoir donner un coup de main au cas où Émilie serait fatiguée. Mais elle était déterminée à tirer toute seule son amie de ce mauvais pas.

– Que s'est-il passé? a demandé Maman tandis que Lucie sortait de la piscine.

question nage

j'adore la brasse

– J'ai eu une attaque de panique, a dit Lucie. Je suis trop grosse pour nager.

– Mais non, ça n'a rien à voir ! s'est récriée Maman. Ça peut arriver à n'importe qui d'avoir peur.

Maman nous a tendu les serviettes. Après m'être séchée, j'ai récupéré ma tablette. Et j'ai écrit :

– Va dans l'eau avec Émilie, Maman, s'il te plaît. Je vais rester avec Lucie.

Maman était trop contente de sauter dans la piscine. Avec ma sœur, elles ont commencé à nager et Émilie s'est approchée illico d'un dragon ! Assise sur le banc à côté de moi, Lucie a vu les flammes jaillir de sa bouche. Elle a secoué la tête.

– Je rêve d'être aussi mince et courageuse que ta sœur.

– Tu es très courageuse, ai-je écrit. Et tout le monde n'est pas obligé d'être mince.

Soudain, une voix a retenti derrière nous.

– Mais qui voilà ? L'éléphant qui parle avec la gogole !

Dorothée ! La peste de l'école était avec quatre membres de sa bande. Elles nous ont entourées. Lucie avait l'air paniquée.

J'ai brandi ma tablette, sur laquelle était écrit :

– Tu as toujours besoin de ta bande avec toi, n'est-ce pas ? C'est ton seul pouvoir sur les autres.

– Si tu crois que ça m'intéresse, ce que pense une débile qui ne sait même pas parler, a répondu Dorothée.

- Je suis trop grosse pour nager

maman était trop contente
de sauter dans la piscine.

Tu ressembles à un gros tas de fromage.

Puis elle s'est tournée vers Lucie et elle a dit :

– Tu ressembles à un gros tas de fromage qu'on aurait laissé dégouliner au soleil.

Lucie s'est levée, des larmes coulaient sur ses joues.

J'ai écrit :

– Tu crois qu'être méchante ça fait de toi une adulte. En vrai, t'as aussi peur qu'une petite fille.

Dorothée a tendu la main pour me prendre ma tablette, mais je m'y suis agrippée.

– Arrête ! a dit Lucie en se mettant entre Dorothée et moi.

Une des filles de la bande de Dorothée a sorti son portable et elle a commencé à prendre des photos de Lucie.

– Mets-les tout de suite sur Instagram ! a ordonné Dorothée. Pour que tout le monde voie comme elle est moche. Surtout en maillot de bain !

Tout à coup, Lucie a attrapé Dorothée par son maillot, lui a fait faire demi-tour et l'a poussée dans la piscine. Puis elle est partie en courant vers les vestiaires.

Dorothée est ressortie direct de la piscine, ruisselante. Elle m'a montrée du doigt et elle a crié à ses potes harceleuses :

– Attrapez-la et cassez-lui sa tablette !

Mais j'étais déjà en train de courir derrière Lucie.

Il y avait beaucoup de monde dans les restaurants près des vestiaires. J'ai perdu Lucie de vue. J'entendais les terreurs qui hurlaient derrière moi.

J'ai décidé de courir vers la porte d'entrée de la piscine et je me suis précipitée au milieu de la foule, entraînant Dorothée et sa bande dans cette direction. Une fois arrivée près de la porte, je me suis penchée en avant pour être plus petite et je suis repartie dans l'autre sens. Je me cognais dans les gens. Je courais le plus vite possible accroupie — je suis du genre déterminée ! — et en même temps je brandissais ma tablette, sur laquelle j'avais écrit en très très grosses lettres :

JE NE SAIS PAS PARLER
ET MON AMIE A DISPARU !

Tout le monde s'écartait devant moi, et j'ai pu atteindre rapidement les vestiaires. Mais là-bas, pas de Lucie en vue. Et le casier où elle avait rangé ses vêtements était vide. Je suis ressortie au galop, en me disant : « Elle a dû repartir vers la porte d'entrée. » J'aurais bien aimé qu'Aube soit là : on aurait sauté sur notre tandem pour retrouver Lucie. Mais pour la faire venir, je devais d'abord aller à Sésame, puis la ramener avec moi. Pas le temps ! Surtout que, à ce moment-là, j'ai vu Dorothée et sa bande courir vers la sortie de la piscine, et Lucie était juste devant elles. Heureusement, elle a disparu avant d'être rattrapée, et un agent de sécurité a arrêté les pestes parce que la Marche des monstres commençait : un défilé avec tous les géants, les Méduses, le Cyclope et un gigantesque Ventre avec des pattes. Dorothée regardait partout autour d'elle en quête de Lucie.

Et là, elle m'a vue. Elle a crié à ses complices de suivre Lucie, puis elle a fait demi-tour et s'est ruée vers moi. J'ai bifurqué vers la droite et j'ai failli percuter le Ventre à pattes. Soudain, un énorme hurlement a retenti à l'extérieur. Tout le monde l'a entendu, malgré le raffut du défilé des monstres, et deux agents de sécurité se sont élancés vers la sortie de la piscine. Moi, j'étais certaine que la personne qui avait poussé ce cri était Lucie.

j'ai failli percuter le ventre à pattes

Une fois dehors, j'ai vu un attroupement autour d'un homme qui avait l'air vraiment terrifié. Il devait avoir l'âge du papa de Maman — mon grand-père —, qui a presque soixante-cinq ans. Sa peau était foncée et il avait un œil de verre. La moitié de son visage était couverte de cicatrices. Des cicatrices horribles, qui lui donnaient un air effrayant. J'ai lu la panique dans son regard. Il me dévisageait, comme s'il cherchait un ami. Je lui ai souri. Un des agents de sécurité lui a crié :

– Pourquoi tu regardes cette petite fille ? Tu veux encore traumatiser quelqu'un ?

D'un coup, l'autre garde lui a attrapé les bras et lui a passé des menottes.

– J'ai rien fait ! a hurlé l'homme. J'ai rien fait !

Le garde l'a tiré en arrière et lui a dit d'un ton méchant :

– Ferme-la, maintenant !

Une des terreurs — Marjolaine, la sous-chef de Dorothée — a crié aux gardes :

– J'ai vu ce monstre essayer de l'attraper, puis elle s'est enfuie !

Comme s'il cherchait un ami.

– C'est pas vrai! a lancé l'homme.

Et, derrière ses yeux, j'ai lu :

« Encore une fois… je suis accusé alors que je n'ai rien fait. Tout ça à cause de mon visage. »

Au loin, on entendait une sirène. La police arrivait.

– Dans quelle direction est partie la fille après que cet homme a tenté de l'attraper?

– Vers le RER, a dit Marjolaine.

Une des pestes — Suzanne, la plus discrète de la troupe, qui a toujours l'air de ne pas vraiment faire partie de la bande des Cruellas mais qui a juste besoin d'appartenir à un groupe — s'est détournée. Visiblement gênée à cause du mensonge de Marjolaine. Comment savais-je que c'était un mensonge? Parce que j'ai vu derrière les yeux de Suzanne :

« Elle devrait dire la vérité. Lucie a couru vers le parc et pas vers le RER pour rentrer chez elle. Et cet homme ne l'a pas touchée. J'ai tout vu. »

J'ai écrit trois mots, en grosses lettres :

### DIS LA VÉRITÉ

Puis j'ai levé ma tablette pour que Suzanne la voie. Elle a pâli. Marjolaine aussi, après avoir lu mes mots. Elle a donné un coup de coude à Suzanne, elle s'est tournée vers elle d'un air furieux et elle lui a murmuré à l'oreille que, si elle parlait, Dorothée la virerait de la bande.

Dans mon dos, j'ai entendu Maman crier mon nom d'une voix terriblement inquiète. Je me suis retournée.

Elle était avec Émilie, toutes les deux étaient ruisselantes d'eau.

– On a couru jusqu'ici quand on a vu que Lucie était poursuivie, a dit Maman. Que s'est-il passé ?

J'ai écrit un rapide résumé de l'histoire sur ma tablette et je le leur ai montré.

– Il faut absolument trouver Lucie ! a lancé Émilie.

La voix de Dorothée a retenti derrière nous. Elle me montrait du doigt.

– Sa grosse copine m'a agressée. Et elle, elle m'a injuriée.

– Menteuse ! a crié Émilie. Elle, c'est la plus grande terreur de l'école.

– Le plus important, c'est Lucie ! s'est exclamée Maman. Quelqu'un l'a sûrement vue.

– Cet homme a essayé de la toucher, a dit Marjolaine. Et ensuite, elle est sortie du parc.

Je m'en suis prise à Suzanne la Timide. J'ai de nouveau brandi ma tablette sous son nez, avec les mêmes mots :

DIS LA VÉRITÉ

– Tu les accuses de mentir ?

La voix était celle d'une femme en uniforme de police. Elle était jeune et intelligente. Je l'ai toute de suite su à la manière dont elle dévisageait les uns et les autres pour évaluer rapidement la situation. Exactement comme j'ai l'habitude de faire ! Sur sa chemise, elle avait un badge avec son nom : « Semler ». Elle était accompagnée d'un officier de police encore plus jeune qu'elle, un type avec

des taches de rousseur qui avait l'air à peine plus âgé qu'Émilie. Mais je ne pense pas qu'il existe des policiers de quatorze ans. Le nom inscrit sur son badge était : «Garnier». J'ai écrit rapidement quelques mots sur ma tablette pour la policière Semler :

– Lucie est toujours dans le parc et l'homme ne l'a pas touchée.

– Comment t'appelles-tu?

Je lui ai donné mon nom.

– Et tu parles avec cet écran? a-t-elle demandé.

– C'est *ma tablette*! Et oui, c'est comme ça que je parle.

– C'est vrai, a dit Maman.

– Vous êtes sa mère? a demandé l'agente Semler.

– Oui. Et Lucie, la jeune fille qui a disparu, est l'amie de ma fille aînée. Elle est sous ma responsabilité pour la journée.

– Et pourquoi s'est-elle enfuie? a interrogé la policière.

– Parce que ces terreurs étaient en train de la persécuter en lui donnant des noms horribles, a expliqué Émilie. Comme elles le font à l'école.

– Cette espèce d'éléphant m'a poussée dans la piscine, a dit Dorothée.

Garnier, qui était resté silencieux jusque-là, s'est approché de Dorothée. Il lui a demandé, d'une voix calme :

– C'est comme ça que tu l'appelles? Éléphant?

Dorothée a compris qu'elle avait parlé trop vite. Pap' écrit beaucoup sur les gens qui se trahissent en ne parvenant pas à contrôler leurs émotions. Dorothée a essayé de se rattraper :

– En fait on l'appelle comme ça parce qu'elle adore les éléphants. Ce sont ses animaux préférés, au cirque.

– Menteuse ! a crié Émilie. Elles appellent Lucie « l'éléphant » parce qu'elle est plus grosse que les autres. Elles font ça pour qu'elle se déteste. Parce que ce sont des Cruellas.

J'étais très fière de ma sœur, qu'elle dise tout ça. Maman aussi : elle a passé son bras autour des épaules d'Émilie. Mais j'étais inquiète pour l'homme qui avait les mains menottées. Cet homme qui avait plein de cicatrices sur une moitié du visage.

– Ils devraient le laisser partir, ai-je écrit à la policière en montrant l'homme du doigt. Il n'a rien fait.

– Je l'ai entendue hurler, a dit Marjolaine. Et j'ai vu Lucie s'éloigner de lui en courant. Il lui a fait peur.

– As-tu vraiment vu cet homme la toucher ?

Marjolaine a lancé un regard vers Dorothée : elle attendait les instructions de la chef sur ce qu'elle devait faire. Dorothée lui a jeté un coup d'œil furieux. J'ai vu ce qu'elle lui disait :

« Si tu changes de version, on va toutes avoir de gros problèmes. »

– Oui, je l'ai vu la toucher, a dit Marjolaine, en regardant l'officier de police droit dans les yeux.

-As-tu vraiment vu cet homme la toucher ?

Garnier a échangé un regard avec l'agente Semler. Celle-ci s'est approchée de Marjolaine.

– Quel est ton nom?

Marjolaine lui a donné son nom et son prénom. La policière a sorti son carnet et les a écrits. Elle lui a également demandé le numéro de sa maman et de son papa et les a notés. Garnier, de son côté, a récupéré les noms des autres filles et le numéro de portable de leurs parents.

– Je dois te prévenir, Marjolaine, a ensuite dit la policière. C'est très grave d'accuser quelqu'un d'avoir fait une chose terrible : cela peut bouleverser son existence. Et c'est mal de ne pas dire la vérité, de raconter une histoire pour ne pas avoir d'ennuis avec quelqu'un qui a du pouvoir sur toi. Ça peut aussi se retourner contre toi.

Cette fois, Marjolaine a baissé les yeux, ses lèvres tremblaient.

– J'ai seulement entendu Lucie hurler. Puis j'ai vu l'homme et son visage effrayant. Mais Lucie était partie. L'homme était seul.

– Et combien de temps s'est écoulé entre le moment où tu as entendu Lucie hurler et celui où tu as vu l'homme seul? a interrogé Garnier.

Marjolaine a étouffé un sanglot.

«Je vais avoir de gros problèmes. Il va falloir que je dise la vérité», pensait-elle.

– Pas longtemps.

– Combien de minutes? a insisté le policier.

– Quelques secondes, c'est tout.

L'agente Semler s'est tournée vers les gardiens de la sécurité et leur a dit d'enlever ses menottes à l'homme. Cette policière était mon héroïne! Quand l'homme a eu les bras libres, elle l'a pris par l'épaule et s'est excusée pour la manière dont il avait été traité. L'homme, encore sous le choc, a hoché la tête. Elle lui a demandé son nom, et quel était son travail dans le parc. Je me suis approchée pour entendre les détails. Il s'appelait Mahmoud et était jardinier. Il devait s'assurer que l'herbe soit bien verte et que les fleurs soient belles, à l'intérieur comme à l'extérieur de Monster Land.

– Je peux vous poser une question? a demandé la policière. Qu'avez-vous eu au visage?

– Un accident de voiture, il y a des années.

– Je suis désolée, a dit la policière.

– Je fais avec, a continué Mahmoud. Mais ça effraie les gens. Cette jeune fille a eu peur.

– Pourquoi?

– Elle m'est rentrée dedans alors qu'elle fuyait quelque chose ou quelqu'un. Quand elle a vu mon visage, elle s'est mise à hurler. Puis elle est repartie en courant.

– Dans quelle direction?

– Vers le fond du parc, et non vers le RER, comme cette fille l'a raconté aux agents de sécurité.

Il a désigné Marjolaine. Elle a aussitôt baissé les yeux, donnant ainsi la preuve de sa culpabilité.

C'est donc ça que font les harceleurs quand on leur montre le mal qu'ils ont fait aux autres? Ils regardent le sol en rêvant de disparaître? La policière s'est approchée.

— Mahmoud dit vrai? Avez-vous raconté que Lucie courait en direction du RER alors que vous l'aviez vue retourner vers le parc?

Marjolaine a continué à regarder fixement le sol. Je l'ai vue penser :

«Qu'est-ce que je fais? Dorothée va me tuer si je dis la vérité.»

J'ai écrit à toute allure, puis j'ai levé ma tablette bien haut en toussant très fort pour que Suzanne la Timide me regarde à nouveau. Elle a vu mes mots :

SI TU DIS LA VÉRITÉ, ON TE PROTÉGERA

Et là, il s'est passé un truc incroyable. Suzanne, l'air toujours aussi paniqué, m'a fait un petit signe de tête avant de se tourner vers Dorothée et de lui dire, d'un regard :

«Tu n'as plus de pouvoir sur moi. Je ne veux plus être comme toi!»

Pour la première fois, j'ai vu que Dorothée avait peur. Et encore plus quand Suzanne a commencé à parler :

— Oui, elles ont menti! La pauvre Lucie n'est pas partie vers le RER. Elle est allée dans le parc. Et cet homme n'a pas touché à un seul de ses cheveux. Je n'ai rien dit. J'ai eu tort, vraiment. J'avais peur. Parce que je savais que si je disais la vérité et si Lucie était retrouvée dans le parc, elle raconterait à quel point on lui a mené une vie d'enfer.

À l'école et en dehors. Et si Lucie a poussé Dorothée dans l'eau, c'est uniquement parce que Dorothée lui a dit des choses horribles sur son poids. On fait toutes ça depuis des mois. On a été vraiment méchantes.

Suzanne s'est mise à sangloter. Émilie a fait un truc super : elle est venue près d'elle, et elle l'a prise dans ses bras.

– On peut être amies, maintenant, a-t-elle dit. Amies pour de vrai.

Pendant ce temps, la policière Semler, en chef efficace, a expliqué aux uns et aux autres ce qu'il fallait faire. Elle a dit à Garnier d'emmener Dorothée et sa bande au commissariat pour les interroger et d'appeler leurs parents en leur expliquant ce qu'elles avaient fait. Les filles n'ont pas eu l'air ravies quand elles ont entendu ça. Elle a ensuite proposé à Maman de téléphoner aux parents de Lucie pour leur dire que leur fille avait disparu mais que la police s'efforçait de la retrouver au plus vite. Puis elle a prévenu d'autres policiers avec son portable, pour qu'ils viennent dans le parc, en renfort, et elle a demandé à Mahmoud s'il voulait bien participer aux recherches. Pour dénicher des cachettes possibles.

– Je connais chaque recoin de ce parc, a répondu Mahmoud. Cela fait vingt ans que je suis là tous les matins à 6 h 30.

J'ai montré ma tablette, où j'avais écrit :

– Je peux aider, pour les recherches?

Une policière, habillée en civil, s'est approchée.

– Il vaut mieux que tu rentres chez toi avec ta mère et ta sœur, a-t-elle dit. Nous risquons de rester très tard.

Elle a sorti son carnet et demandé à Maman son adresse et son numéro de téléphone.

– Nous t'appellerons si nous avons besoin de toi, Aurore, a-t-elle ajouté.

J'ai bien senti que c'était pour me faire comprendre que j'étais trop petite pour aider. Mais à onze ans, on n'est plus petite! Et aider les gens, c'est ce que je fais le mieux.

De retour à la maison, Maman était vraiment ennuyée. Elle s'en voulait de ne pas être restée tout le temps avec Lucie et disait que c'était sa faute si elle avait disparu. Émilie aussi était hyper mal.

– Tout ça ne serait pas arrivé si j'avais été avec elle quand les terreurs se sont pointées, a-t-elle dit.

– Tu n'en sais rien, ai-je écrit. J'étais à côté d'elle, et je te garantis que Dorothée et sa bande étaient décidées à nous embêter. Elle leur a même donné l'ordre de me prendre ma tablette et de la casser ! Ce n'est pas ta faute, Émilie. Ni la tienne, Maman.

– C'est exactement le problème, avec les harceleurs et les gens qui font du mal aux autres, a dit Maman. Ils se débrouillent pour que leurs victimes se sentent coupables.

La mère de Lucie, Martine, a réagi de cette manière quand Maman lui a appris que Lucie avait disparu. Pendant tout le trajet en RER jusqu'à Fontenay, Maman a tenté de la joindre au téléphone, mais son portable était éteint. Elle lui a envoyé plein de messages aussi ; et elle a réessayé quand on est arrivées à la maison. Elle a dit, finalement, qu'elle irait au salon de coiffure pour lui annoncer la nouvelle et lui proposer d'aller avec elle au parc de Monster Land. J'ai dit à Maman que je voulais venir avec elle. Émilie aussi. Maman nous a expliqué qu'elle voulait avoir une discussion entre mères avec Martine. Et Émilie a rétorqué :

– Cette femme va t'agresser. Elle agresse tout le monde. Surtout Lucie. Pas question que tu y ailles toute seule.

– Je suis d'accord, ai-je écrit. On y va ensemble !

– Qui est la mère, ici ? a demandé Maman en nous souriant à toutes les deux.

Je suis vraiment contente qu'on l'ait accompagnée. Parce que, dès qu'elle a appris la nouvelle, Martine est devenue furieuse et très méchante. Elle était dehors, devant le salon, en train de fumer cigarette sur cigarette. Toute maigre, vêtue d'une minijupe en jean rose et d'un haut moulant rose aussi, on avait l'impression qu'elle n'avait pas dormi depuis des jours.

– Où est ma Lucie ? a-t-elle demandé, d'un ton agressif.

La mère de Lucie.

– Il y a eu un problème…, a dit Maman, et elle lui a tout raconté.

Martine s'est immédiatement mise à crier, à hurler et à traiter Maman de plein de noms horribles, que je ne vais pas répéter. Elle a aussi dit quelque chose qui a fait très peur à Maman et à Émilie.

– Lucie était sous votre responsabilité. Et vous ne m'avez même pas dit que vous l'emmeniez à Monster Land ! C'est votre faute si elle a disparu ! Si on ne l'a pas retrouvée d'ici demain, je vais tout faire pour que vous soyez renvoyée de la banque. Et j'appellerai votre ex-mari pour lui dire que vous êtes une mauvaise mère et qu'il devrait récupérer ses filles ! Vous êtes une imbécile et une irresponsable à qui on ne devrait pas faire confiance…

J'ai écrit à toute allure et lui ai mis ma tablette sous le nez.

– Maman, c'est la meilleure maman au monde ! Et Lucie dit souvent que vous ne l'aimez pas ! Et vous ne supportez pas qu'elle soit grosse ! Et c'est à cause de gens comme vous qu'elle s'est enfuie !

– Comment oses-tu ? a-t-elle hurlé.

Elle a même essayé de me gifler ! Émilie lui a attrapé la main juste avant qu'elle n'atterrisse sur ma figure. Une femme était en train de garer sa moto, à côté ; elle avait un chouette blouson en cuir, des lunettes noires et un grand serpent tatoué sur le cou. Elle s'est précipitée vers nous.

– Martine ! Tu es folle !? C'est une enfant !

– Lucie a disparu ! Et cette gamine m'accuse d'être une mauvaise mère !

Maman a expliqué à cette femme, Pomme — qu'elle connaît parce que c'est une cliente de la banque —, ce qui était arrivé. Pomme, visiblement sous le choc, a posé sa main sur l'épaule de Martine et lui a dit :

– Monte sur ma Kawasaki et on fonce à Monster Land pour chercher Lucie. Mais avant ça, excuse-toi auprès d'Aurore, de sa mère et de sa sœur.

– Vous connaissez mon nom ? ai-je écrit.

– Tout le monde sait qui tu es, Aurore ! Et je suis sûre que Martine veut te…

– Je ne vais pas laisser une gamine me dire que je fais mal mon boulot de mère ! Quant à sa mère à elle…

– Arrête ! a dit Pomme. Pour qui tu te prends ? Une mère modèle ? Tu as levé la main sur une fille de onze ans ! Tu veux te retrouver au tribunal ?

Martine a eu l'air sonnée, tout à coup. Elle a baissé la tête. Et s'est mise à pleurer.

– Pardon, m'a-t-elle murmuré. Je me mets en colère contre tout le monde. Y compris contre ma fille.

– Arrête, alors, a dit Pomme.

Martine s'est tournée pour allumer une nouvelle cigarette. Sa copine motarde s'est penchée vers Maman et lui a parlé tout bas.

Martine! Tu es folle!?

– Elle n'est pas heureuse. Ça n'excuse rien. Sa môme est merveilleuse. Et elle dit toujours qu'elle va se conduire mieux avec elle… mais elle ne le fait pas. Elle s'est retrouvée mère à dix-sept ans et elle a l'impression d'avoir gâché sa vie à s'occuper d'un enfant alors qu'elle-même était trop jeune.

Plus tard, quand on est rentrées à la maison, j'ai dessiné une carte avec une grande galaxie remplie d'étoiles. Dessus, j'ai écrit :
«Pour Émilie, qui me protège tout le temps et qui est la meilleure des sœurs.»
Puis je suis allée dans sa chambre. La porte était entrouverte. Émilie avait des écouteurs sur les oreilles et chantait à fond sur FaceTime avec une amie… qui chantait la même chanson, aussi à fond. Je lui ai mis la carte dans les mains. Elle l'a lue. Elle m'a envoyé un baiser. Puis elle est retournée à son FaceTime et s'est remise à chanter. Je voulais rester un peu avec elle, mais elle avait besoin de se détendre après cette journée… même si c'était avec une amie qu'elle ne voyait que sur un écran. Pendant ce temps, Maman marchait de long en large dans la cuisine ; elle était au téléphone avec Pap' et lui racontait ce qui s'était passé. Elle a souri quand il a annoncé qu'il sautait illico dans le RER pour nous rejoindre, parce que, dans ce genre de moments, nous avions besoin d'être ensemble.

Pap' allait venir à la maison! On serait de nouveau une famille pour quelques heures!

Maman a posé le téléphone et s'est appuyée contre la table de la cuisine. Elle a secoué la tête en se mordillant la lèvre. Elle pensait :

« On va me reprocher la disparition de Lucie. Je vais devoir répondre à beaucoup de questions et les gens croiront que je ne l'ai pas surveillée comme il fallait. Ça me poursuivra toute ma vie. »

Je me suis précipitée vers elle et je l'ai serrée fort contre moi.

– Personne ne croira une chose pareille! ai-je écrit. Je ferai en sorte que tout le monde sache la vérité!

– Mais… comment as-tu deviné ce que j'avais dans la tête? a demandé Maman en ouvrant des yeux grands comme des soucoupes.

C'était le moment de lui parler de mon super pouvoir, je me suis dit. Sauf que son téléphone s'est mis à sonner. Elle a répondu immédiatement.

– La police, m'a-t-elle chuchoté.

Elle était absorbée par sa conversation avec un homme qui, à l'autre bout du fil, avait l'air très direct et autoritaire. Une fois l'appel terminé, Maman m'a dit :

– Ils n'ont toujours pas trouvé Lucie et l'enquêteur qui est maintenant chargé de l'affaire, l'inspecteur Jouvet, sera ici dans une heure, pour me parler. Il va sûrement m'accabler de reproches.

– Je ne le laisserai pas faire, ai-je écrit.

Maman avait l'air vraiment inquiète. Elle a dit qu'elle allait appeler Pierre pour lui demander conseil.

– Pierre a l'habitude de la police?

– Pas du tout. Mais il me dira de ne pas m'inquiéter et c'est ce que j'ai besoin d'entendre, pour l'instant.

– Pap' saura quoi dire à cet inspecteur Jouvet. Il écrit tout le temps sur les policiers.

– Comment tu le sais?

– Josiane m'en a parlé. Elle adore ses livres.

– Moi aussi, a lâché Maman, la mâchoire crispée pour ne pas montrer sa tristesse.

Puis elle a affiché un grand sourire, et elle a dit :

– Tu as raison. Je vais attendre Pap'. Et essayer de ne pas m'inquiéter.

En vrai, quand Maman dit des trucs pareils, ça veut dire qu'elle est hyper inquiète.

La sonnerie de la porte d'entrée a retenti.

– Ça doit être Pierre, a lâché Maman. Il avait dit qu'il viendrait tout de suite après la fermeture de la banque.

– Je vais un peu dans ma chambre, Maman, ai-je écrit. Si tu as besoin de moi, si tu te fais du souci à propos de ce que les gens vont penser, viens me voir. Je suis là.

Dès que j'ai fermé la porte de ma chambre, j'ai eu envie de passer un peu de temps à Sésame. Le Monde dur avait été particulièrement rude pour ceux qui m'entouraient, aujourd'hui, et une petite visite dans un endroit

— je vais attendre Papi. Et essayer de me pas m'inquiéter.

plus joyeux me permettrait de réfléchir à un moyen d'aider Maman. Je me suis allongée sur mon lit et j'ai fait apparaître la grande étoile sur l'écran de ma tablette. Je l'ai regardée fixement. Puis j'ai dit : «Sésame!» et...

Quelques instants plus tard, j'étais à Sésame, par une magnifique journée. Aucune ombre, aucun nuage. Mme Turgeon était dans sa boulangerie, derrière son comptoir, et elle m'a tendu deux pains au chocolat. Puis elle m'a raconté que, la veille au soir, elle avait vu ma Maman et mon Pap' dans un restaurant du quartier, et qu'ils riaient et se tenaient la main.

– Pas étonnant que tu sois tout le temps heureuse, Aurore, a dit Mme Turgeon. Quand les parents sont heureux, les enfants le sont aussi.

Et là, Aube est arrivée sur notre tandem. Elle m'a serrée dans ses bras et elle a dit :

– J'ai une super aventure pour nous!

J'ai sauté à l'arrière du vélo. On est parties en trombe, je pédalais à toute vitesse.

– Tu es un vrai démon de la vitesse, aujourd'hui, Aurore!

– J'ai besoin d'exercice. C'est un bon moyen de chasser les soucis.

– Tu veux me raconter ta journée?

– Tu connais la règle : à Sésame, pas d'histoires du Monde dur. Mais je vais peut-être avoir besoin de ta visite.

– Évidemment! C'est notre pacte de meilleures amies. Tu viens me chercher, c'est tout.

J'ai failli lui dire que je rêvais qu'à mon retour dans le Monde dur Lucie aurait été retrouvée, la police aurait annoncé que Maman n'avait rien fait de mal et Maman, Émilie et moi, on passerait une super soirée avec Pap'. Mais c'était Sésame, ici. Les problèmes n'y avaient pas leur place. Donc je lui ai juste dit :

– En avant pour l'aventure!

Elle m'a annoncé qu'on allait traverser Paris à vélo! Jusqu'à un endroit qui s'appelle le parc de Bercy, où Aube avait découvert qu'il y avait de vraies tortues qui vivaient dans une mare. Elle m'a raconté qu'une des tortues — un mâle — avait cent quatre-vingt-dix-sept ans et qu'il serait super content de parler avec nous.

– Il s'appelle Gustave. C'était la tortue de compagnie d'un célèbre écrivain qui s'appelait aussi Gustave.

– Les tortues vivent très longtemps, c'est ça? ai-je dit.

– Gustave a un ami qui habite la même mare que lui, il s'appelle Jean-Baptiste, et il est là depuis trois cent quatre-vingt-dix ans. Il raconte des histoires sur son maître, un super écrivain qui s'appelait Charles. Il a écrit beaucoup d'histoires qu'on adore encore aujourd'hui : *Cendrillon* et les *Contes de ma mère l'Oye*, par exemple.

– Je sais que les filles adorent l'histoire de Cendrillon, ai-je dit tandis que nous roulions à travers Paris. Mais est-ce qu'elles ont *vraiment* besoin d'un prince charmant

Les tortues vivent très longtemps, c'est ça ?

pour être heureuses? Elles devraient plutôt s'en fiche, des princes, et être indépendantes et intelligentes, non?

– Comme toi et moi! a dit Aube.

Nous étions tout juste arrivées à la Seine et pédalions le long des berges. La route est longue, depuis notre ancien quartier rue du Théâtre jusqu'au parc de Bercy. Quand Maman et Pap' étaient ensemble et qu'on partait se promener, on prenait souvent la voiture et on devait passer par cette grande route qui entoure Paris et que Pap' appelait «l'erreur de la vie moderne». À Sésame, Aube et moi, on peut aller où on veut très vite. Et il n'y a pas d'embouteillages! Même dans le Monde dur, Paris est la plus belle ville du monde. Mais à Sésame, en plus, c'est une ville où tout le monde s'aime. Et les conducteurs sont tous gentils, ils se font des petits signes amicaux et ils nous sourient quand on passe à côté d'eux.

Après avoir atteint le parc de Bercy, nous avons roulé directement jusqu'à la mare. Aube m'a dit que Gustave et Jean-Baptiste vivaient ensemble dans une grotte. Elle savait exactement où on pouvait les rencontrer. Nous avons posé notre tandem dans l'herbe. Nous nous sommes assises au bord de la mare pour manger notre pain au chocolat. Le soleil était éclatant et le ciel d'un bleu lumineux. Au bout de quelques minutes seulement, Gustave et Jean-Baptiste sont sortis de la mare et sont montés sur l'herbe en nous souriant.

– Bonjour, Aube, a dit l'une des tortues.

— Bonjour, Aube.

– Bonjour, Jean-Baptiste! a répondu Aube. Bonjour, Gustave! Je vous présente mon amie Aurore. Elle est venue du Monde dur pour vous dire bonjour.

– Ah, le Monde dur…, a soupiré Jean-Baptiste. Mon maître, Charles, disait que si les gens aimaient ses contes, c'est parce qu'ils leur permettaient de croire que les fins heureuses existaient.

– Et mon maître, Gustave, a écrit un livre célèbre sur une femme qui croit qu'elle va devenir une princesse en se mariant à un médecin dans une petite ville et qui, en vrai, va mourir d'ennui.

– Il a écrit une version de l'histoire de Cendrillon qui se passe mal, en fait, ai-je commenté.

– Dans le Monde dur, l'histoire de Cendrillon se passe toujours mal, a dit Jean-Baptiste.

Tout à coup, j'ai entendu une voix du Monde dur. Maman.

– Aurore! Aurore!

Je me suis tournée vers Aube, et j'ai dit :

– On a besoin de moi à la maison. Je reviendrai peut-être plus tard.

– Je serai là, a-t-elle répondu.

– On aimerait beaucoup continuer à parler de livres avec toi, a dit Gustave.

– Et te montrer pourquoi les contes de fées nous apprennent tant de choses sur la vie, a ajouté Jean-Baptiste.

– Aurore! a crié Maman. L'inspecteur veut te parler.

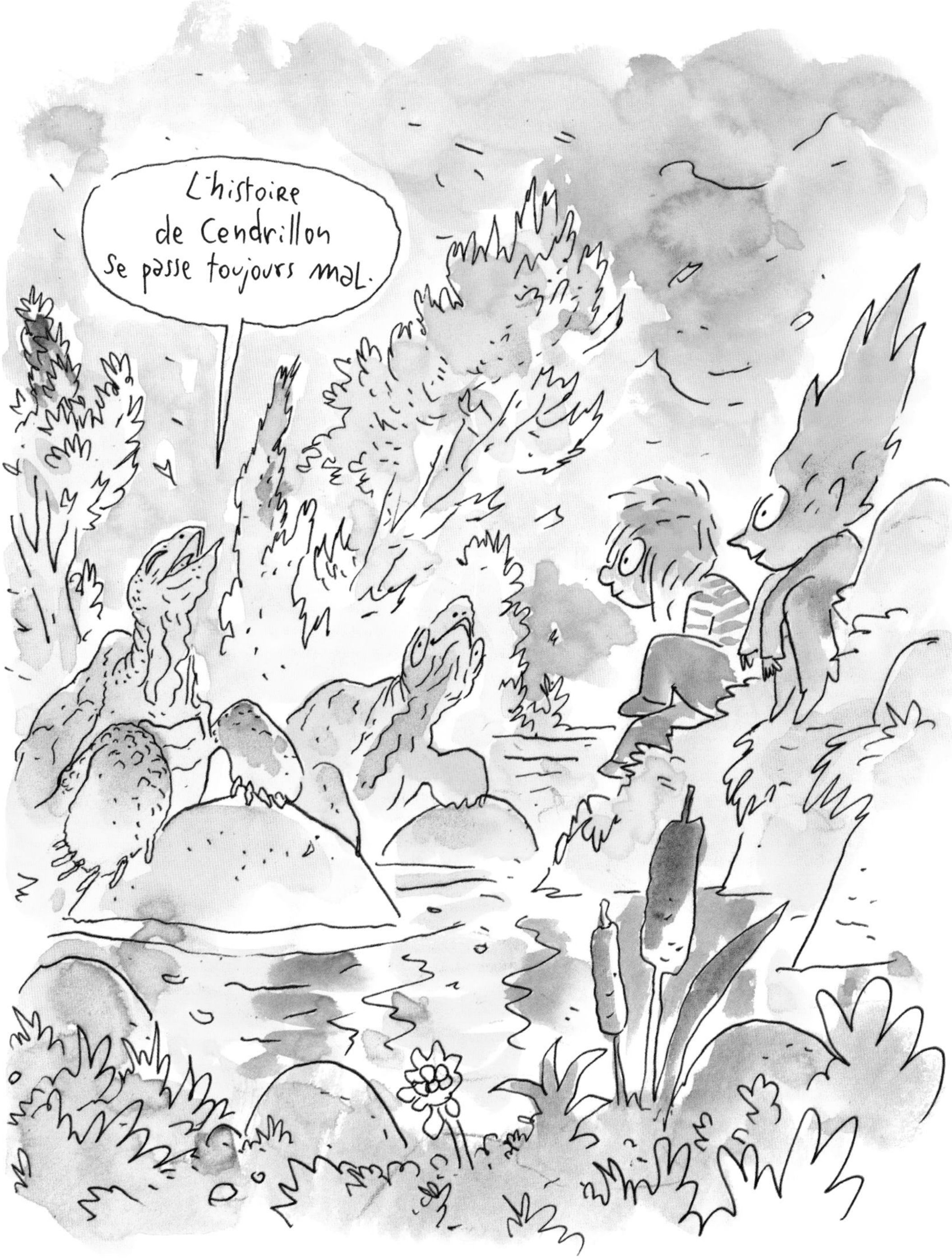
L'histoire de Cendrillon se passe toujours mal.

– Ah ! la police veut discuter avec toi, a dit Gustave. Tu vas pouvoir les aider, j'en suis sûr.

– C'est le plus grand talent d'Aurore, a renchéri Aube. Aider les autres.

J'ai dit au revoir à mes nouveaux amis, Gustave et Jean-Baptiste, et j'ai serré Aube contre moi. Puis j'ai fermé les yeux et j'ai murmuré :

– Retour aux problèmes.

– Aurore! Aurore!

J'ai ouvert les yeux : j'étais revenue dans ma chambre, sur mon lit. J'entendais maintenant une nouvelle voix m'appeler :

– Aurore, ici la Terre!

Pap'!

J'ai couru dans le salon. Pap' était là, avec un immense sourire. Il m'a prise dans ses bras et m'a soulevée au-dessus de sa tête, puis il m'a serrée fort contre lui.

– Ma princesse était ailleurs? a-t-il demandé.

– Moi, tu ne m'appelles jamais «princesse»! a dit Émilie, à l'autre bout de la pièce.

– Je t'appelle «mon ange»! a répondu Pap'.

– C'est pas la même chose que «princesse».

– Un ange vaut une princesse, j'ai écrit.

– Et on va arrêter ça tout de suite, a dit Pap' en souriant.

– Pap' a raison, est intervenue Maman. On ne va pas discuter de ça devant l'inspecteur Jouvet.

– Bonjour, Aurore, a dit l'inspecteur, derrière moi.

Je me suis retournée pour le voir. C'était un homme plus vieux que Pap', vêtu d'un costume sombre (Pap' ne porte jamais de costumes). J'ai pensé à la Méduse que j'avais vue à Monster Land et à comment, dans l'Antiquité, les gens croyaient qu'ils allaient être transformés en pierre s'ils la regardaient. L'inspecteur Jouvet, lui, avait un visage qui aurait pu être taillé dans la pierre. J'ai vu dans ses yeux à la fois la dureté qu'il pouvait avoir avec les gens méchants et la gentillesse qu'il me montrait, là tout de suite.

– Bonjour, inspecteur, ai-je écrit.

– Ta maman m'a raconté ce qui est arrivé à Monster Land. Tu te trouvais avec Lucie quand ces filles s'en sont prises à elle. Tu veux bien me raconter exactement ce qui s'est passé ? En détail ?

– Donnez-moi une minute, s'il vous plaît, ai-je écrit.

Puis je me suis assise dans mon fauteuil préféré et j'ai écrit le plus vite que je pouvais. Une phrase après l'autre, l'histoire a jailli comme un feu d'artifice. Pap' m'a regardée faire et il a dit :

– J'aimerais bien savoir écrire aussi vite que toi, Aurore.

J'ai tendu ma tablette à l'inspecteur. Il a tout lu, en hochant la tête à plusieurs reprises et en pinçant les lèvres à ce moment de l'histoire où je racontais que

Bonjour, inspecteur.

Dorothée appelait Lucie «l'éléphant». Après avoir fini sa lecture, il m'a rendu ma tablette et il a dit :

– Tu écris très bien, Aurore. Peux-tu m'envoyer une copie de ta déposition, s'il te plaît?

– À condition que vous me donniez votre adresse mail.

– Bonne remarque! a-t-il lancé en me tendant sa carte.

Puis il a ajouté :

– Tu devrais être enquêtrice. Tu es très attentive aux détails. Je veux bien te prendre comme adjointe! Mais quelque chose m'intrigue, dans ton rapport. Tu as écrit : «J'ai vu Dorothée se dire : "Je vais me payer Lucie. J'en ai assez qu'elle m'écrase tout le temps avec son intelligence."» Ma question est la suivante : comment as-tu deviné ce qu'elle pensait?

Tous les regards étaient posés sur moi. Je devais donner une réponse à l'inspecteur. J'aurais tellement aimé que Josiane soit là pour m'aider. Ne pas dire la vérité à la police, c'était une mauvaise idée, je le savais. Mais d'un autre côté, comme Josiane me l'avait dit un jour, si mes parents et ma sœur apprenaient que j'étais capable de lire dans leurs pensées, ça ne serait pas facile à vivre — pour eux comme pour moi. J'ai décidé que ça n'était pas du tout le bon moment pour leur révéler mon secret. J'ai écrit un rapide message sur ma tablette, que j'ai tendue à l'inspecteur, de manière à ce que lui seul puisse lire.

– Je dois vous dire un secret, mais il faudrait que vous inventiez une excuse pour me parler rien qu'à moi, maintenant, pour que mes parents ne se doutent de rien. OK ?

L'inspecteur Jouvet a hoché la tête, puis il s'est tourné vers Maman et Pap' et a dit :

– Cela vous dérange si je sors un instant sur le balcon avec Aurore ? Je préférerais lui poser quelques questions en privé, concernant l'enquête.

– Elle n'a rien fait de mal, j'espère ? a demandé Maman.

– Absolument rien, madame, mais je dois interroger votre fille sur certains détails pour m'aider dans mon enquête, et je vous serai reconnaissant de ne pas la questionner sur notre échange après mon départ. Ai-je votre accord là-dessus, madame ? Et vous aussi, monsieur ?

– Bien sûr, vous avez notre accord ! a répondu Pap'.

Maman n'a pas aimé qu'il réponde à sa place, mais elle s'est mordu la lèvre et s'est tue.

– Viens avec moi, s'il te plaît, m'a dit l'inspecteur Jouvet.

Je l'ai suivi sur le petit balcon de notre appartement. Il donne sur un parking, mais la nuit, quand la lune n'est pas encore sortie, je peux voir des tonnes d'étoiles. Ce soir-là, les nuages étaient trop nombreux, et l'inspecteur Jouvet n'avait pas l'air de s'intéresser au ciel. Il a fermé la porte et m'a fait signe de m'asseoir sur une des chaises, à côté de la table.

– Alors, raconte-moi, Aurore. Quel est ce grand secret ?

– Je vois derrière les yeux des gens, ai-je écrit.

– Vraiment? a dit l'inspecteur, d'un ton qui montrait qu'il n'en croyait pas un mot. Tu peux deviner ce que pensent les gens?

– C'est mon pouvoir magique!

– Et là, par exemple, je pense quoi?

J'ai écrit:

– «Cette petite fille a beaucoup d'imagination et aucun sens de la réalité. Voir derrière les yeux des gens! Quelle absurdité!»

L'inspecteur n'a paru que légèrement surpris.

– C'est très impressionnant, Aurore. C'est en effet ce que j'ai pensé. Et peux-tu m'en dire plus sur moi?

J'ai écrit:

– Vous êtes inquiet pour votre fille, Marion. Elle a vingt-quatre ans. Elle veut être architecte. Elle vit à Paris. Et vous vous demandez si elle va voir son nouveau petit ami, Frédéric, ce soir, parce qu'elle est raide amoureuse de ce type, et vous, vous trouvez que c'est une espèce de gosse de riche un peu bêta qui...

L'inspecteur Jouvet a levé la main pour me faire signe d'arrêter.

– C'est bon, je te crois, a-t-il dit. Quelqu'un d'autre connaît-il l'existence de ton pouvoir magique?

– Seulement Josiane, ma professeure. Nous avons pré-féré ne pas en parler: nous avons peur que ça ne per-turbe Maman et Pap' et Émilie. Ou n'importe qui d'autre.

– Je vous comprends. Savoir ce que pensent les autres…
ça fait peur. À tout le monde.

– Pas à moi! ai-je écrit. Je sais que Maman est vraiment très inquiète, maintenant. Parce que vous n'avez pas encore trouvé Lucie. Et la mère de Lucie est très en colère contre elle et elle dit que c'est sa faute. Et elle vous a raconté des choses méchantes sur ma maman.

– Tu sais vraiment tout, Aurore, a dit l'inspecteur. Et oui, en effet : nous avons cherché partout à Monster Land et dans le parc. Lucie est introuvable. Mon équipe est retournée sur place avec des chiens policiers. Nous avons fouillé également la gare du RER. Il y a une caméra de vidéo-surveillance, là-bas, qui enregistre toutes les allées et venues. Pas de trace de Lucie prenant un train. Elle a tout simplement disparu. Personnellement, je ne pense pas que ta mère soit coupable d'une quelconque négligence. Mais tu as raison, à propos de la mère de Lucie : c'est une femme très en colère.

– Maman va aller en prison? ai-je demandé.

– Je ne pense pas, a-t-il répondu. Mieux vaut retourner à l'intérieur, maintenant. Et souviens-toi : tout ce que nous venons de nous dire restera entre nous.

Maman nous a regardés, l'inspecteur et moi, en essayant de deviner de quoi nous avions parlé.

– Aurore vous a-t-elle aidé? a-t-elle questionné.

– Beaucoup.

– Si nous ne retrouvons pas Lucie, je risque mon emploi?

– Je ne peux pas parler au nom de la banque. Mais la mère de Lucie pourrait faire un scandale devant tout le monde. Et, oui, cela peut avoir un impact sur votre travail.

– Elle est horrible, cette femme ! a lancé Émilie.

– Ne dis pas ça, a répliqué Maman.

– Pourquoi tu la défends ? a demandé Émilie. Elle est mauvaise, elle n'arrête pas d'embêter Lucie, elle n'est jamais là pour elle, elle la traite de grosse et elle déteste que Lucie soit si intelligente. Et elle veut vraiment te faire du mal ! Ça n'est pas ta faute si Lucie a disparu. Dorothée et sa bande de Cruellas devraient aller en prison !

– En ce qui les concerne, elles sont dans un sale pétrin, a dit l'inspecteur. Et je vais être honnête avec vous : plus le temps passe, plus je crains qu'on ne retrouve pas Lucie.

Quand l'inspecteur est parti, Maman s'est mise à pleurer. Pap' a passé son bras autour de ses épaules et elle a posé sa tête sur lui. Émilie s'est approchée de moi, m'a pris la main et m'a chuchoté à l'oreille :

– J'ai peur !

– On va tout faire pour aider Maman ! ai-je écrit.

– Tout ! a renchéri Pap'.

– Mais si on ne retrouve pas Lucie…, a dit Émilie.

– On va la retrouver ! a-t-on répondu en chœur.

J'ai peur !

Pap' n'a pas pu rester dîner. Chloë ne se sentait pas bien, elle avait mal au ventre et il devait rentrer pour s'occuper d'elle. Mais elle avait parfaitement compris que Pap' vienne nous voir et elle voulait qu'on sache qu'elle était de tout cœur avec nous. Maman a un peu serré les lèvres, mais elle a quand même remercié Pap' d'être passé. Pap' nous a embrassées toutes les trois et il a dit à Émilie et à moi qu'il avait prévu une chouette surprise pour notre week-end avec lui, quatre jours plus tard ! Et il a redit à Maman qu'il ne laisserait pas la mère de Lucie lui faire du mal.

Après son départ, Maman m'a dit qu'elle se sentait vraiment fatiguée et qu'elle allait se coucher tôt. J'ai vu derrière ses yeux :

« Si on ne retrouve pas Lucie, rien ne sera plus pareil. »

Émilie aussi était fatiguée et elle a dit qu'elle voulait aller dans sa chambre… même si j'étais sûre qu'elle allait retrouver ses amis sur Snapchat. Elle y passe tout son temps, au lieu de lire, par exemple. Josiane dit toujours que lire des livres, c'est bien meilleur pour le cerveau et ça permet de voyager sans quitter sa chaise. Je suis partie dans ma chambre, sans cesser de réfléchir. Un plan s'est échafaudé dans ma tête. J'ai regardé l'heure. 20 h 48. J'ai cherché sur Google à quelle heure le soleil se lèverait le lendemain. 6 h 48. Je devais me coucher illico, pour me réveiller à 5 h 30 et faire un voyage express à Sésame. Avant ça, j'aurais besoin de dormir d'un sommeil bien profond. Demain serait un grand jour. Pour la première fois, Aube viendrait avec moi dans le Monde dur... et on ferait le maximum pour trouver Lucie !

J'ai réglé l'alarme de ma tablette et je me suis mise au lit. J'ai fermé les yeux. Le Monde dur a disparu. D'habitude, je me souviens de mes rêves, mais là, impossible de m'en rappeler un seul. Pap' m'a dit un jour que beaucoup d'adultes dorment mal et que lui, quand quelque chose le tracasse, il ne se souvient pas de ses rêves. Moi, je ne suis jamais inquiète. Mais ce soir-là, je me suis couchée avec cette pensée en tête : «Je dois sauver Lucie ! Je dois sauver Maman !» Est-ce pour cela que je n'ai pas pu me souvenir de mes rêves ? Parce que, pour la première fois de ma vie, j'étais inquiète ? Parce que, malgré mon pouvoir magique, le Monde dur l'était aussi devenu pour moi ?

soupe marron et sucreé

L'alarme a sonné à 5 h 30. Je me suis habillée. Je suis allée dans la cuisine, je me suis préparé un chocolat, j'ai pris un morceau de la baguette que Maman avait achetée la veille et je l'ai trempé dans la soupe marron et sucrée que je venais de faire. Pain et chocolat : la meilleure manière de commencer la journée, surtout une journée aussi importante que celle-ci! Puis je suis retournée dans ma chambre, j'ai allumé ma tablette, j'ai trouvé l'aurore boréale et je me suis laissé engloutir par sa beauté en prononçant le mot magique…

Sésame !

J'étais dans la chambre d'Aube, dans l'appartement où elle vit avec sa maman, son papa et son frère Grégoire, qui a huit ans. Les murs de sa chambre sont peints aux couleurs d'un arc-en-ciel. Ses draps sont jaune vif, sa couleur préférée. Elle était profondément endormie, son chien en peluche Pepper, qu'elle ne lâche jamais, serré contre elle. J'avais déjà passé quelques soirées avec Aube, à Sésame, mais j'avais chaque fois dû retourner dans le Monde dur, quand Maman était venue me dire bonne nuit. C'est le problème, avec Sésame : dès que quelqu'un du Monde dur me parle, je suis obligée de revenir. Sinon, on risquerait de découvrir cet endroit magnifique où je vis. C'est pour ça que je devais me dépêcher de retourner dans mon autre chez-moi avant le lever du soleil. J'ai donc touché doucement l'épaule d'Aube et j'ai murmuré :

– Réveille-toi ! On a un travail important à faire !

Aube a ouvert les yeux. Elle a souri en me voyant et m'a embrassée.

– Ça doit être grave si tu es déjà là alors qu'il fait encore nuit noire ! a-t-elle dit.

Je lui ai résumé les événements des dernières heures : que Lucie avait disparu et que Maman était dans de drôles de problèmes. Mais j'avais un plan ! D'abord, nous devions nous rendre immédiatement dans le Monde dur.

– Donne-moi un instant et je suis prête, a-t-elle dit. Je ne vais quand même pas partir à l'aventure en pyjama !

Elle a bondi hors du lit et elle a couru dans la salle de bains avec ses vêtements. Elle est revenue quelques minutes plus tard, tout habillée, une baguette de pain sous le bras.

– Les aventures, ça creuse ! Et comme c'est ma première expédition dans le Monde dur, il faut qu'on emporte du pain !

Elle a posé sa main sur mon épaule, prête à me suivre.

– On ferme les yeux, on compte jusqu'à trois et on dit…

Aube savait déjà, elle m'avait vue faire à plusieurs reprises, mais elle m'a laissée finir :

– Un, deux, trois… retour aux problèmes !

Et hop ! nous étions dans ma chambre. Aube a observé les images d'étoiles et de constellations sur les murs ainsi que mes dessins de Maman et Pap'. Je lui ai expliqué qu'en public je ne pourrais lui parler qu'avec ma tablette et que personne ne la verrait.

– Je trouve ça cool, a-t-elle dit. Moi, je te parlerai normalement. Toi, tu me répondras en écrivant sur ta tablette. Et si quelqu'un te demande à qui tu écris, tu pourras dire que tu as une amie imaginaire ! Ils vont penser que tu es folle, sans doute, mais toutes les personnes intéressantes et créatives, dans ce monde, sont un peu folles !

Nous avons traversé doucement l'appartement pour aller dans la cuisine. Là, j'ai pris un bloc-notes et j'ai écrit un mot :

Maman chérie,

Je suis partie tôt pour trouver Lucie ! Ne t'inquiète pas pour moi. J'aurai ma tablette avec moi. Tu peux m'envoyer un message. Je regarderai bien des deux côtés avant de traverser la rue, comme tu me dis toujours, et je ne parlerai pas à des inconnus. Je vais résoudre le mystère de la disparition de Lucie !

Ton Aurore

J'ai regardé l'heure. 5 h 58. Il restait cinquante minutes avant le lever du soleil. J'ai dit à Aube qu'on prendrait mon vélo jusqu'à la gare car Monster Land était loin d'ici et que, dans le Monde dur, on ne pouvait pas filer aussi vite qu'à Sésame.

– Et malheureusement, mon vélo n'est pas un tandem, ai-je dit.

– Pas de problème, a répondu Aube. Je m'installerai sur le guidon.

Nous avons quitté l'appartement sans faire de bruit. J'avais pensé à prendre la clé de l'antivol.

– Tu dois attacher ton vélo, dans le Monde dur? a demandé Aube tandis qu'on sortait dans la rue.

– Le truc, avec Sésame, c'est que tout est parfait, ai-je dit. Ici, la vie est compliquée.

– Et grise, a ajouté Aube en regardant le ciel.

Nous avons roulé dans les rues désertes de Fontenay. Aube me demandait pourquoi tant de vieux immeubles avaient été remplacés par des nouveaux et pourquoi les gens, dans le Monde dur, aimaient manger des hamburgers et des frites dans des endroits qui avaient l'air tout en plastique.

– Nous avons aussi de la bonne nourriture. Mais la plupart des gens n'ont pas beaucoup d'argent et, quand on n'a pas beaucoup d'argent et qu'on veut sortir, on va au fast-food.

ici, la vie est compliquée

– Ça ne serait pas mieux si on proposait de la nourriture bonne et saine à des prix que les gens qui n'ont pas d'argent pourraient payer? a demandé Aube.

J'ai juste haussé les épaules et j'ai dit :

– Bienvenue dans le Monde dur.

Aube tenait pile sur le guidon. Les rues étaient vides, le phare de mon vélo a éclairé notre route jusqu'à la gare. Je suis allée vers un des appareils et j'ai pris deux billets. Quand nous sommes montées dans le wagon, Aube a dit :

– Mais si personne ne me voit…

– Le règlement, c'est le règlement, ai-je écrit. Tu voyages en train, donc il te faut un billet.

Le train était quasi vide — juste quelques personnes qui partaient travailler tôt. Aube était curieuse de tout et elle me posait plein de questions : pourquoi tout le monde avait l'air si fatigué? Était-ce vrai que, dans le Monde dur, la plupart des gens dormaient mal? Je répondais aux questions d'Aube sur ma tablette et je la levais pour qu'elle puisse lire. Un homme, coiffé d'un chapeau, me regardait comme si j'étais folle, il ne voyait pas Aube et pensait :

«Que fait cette drôle de petite fille? Elle écrit des mots sur son écran et elle se comporte comme si elle avait une conversation muette avec quelqu'un qui n'est pas là!»

J'ai souri à l'homme et j'ai écrit sur ma tablette :

– Les gens intéressants ont tous un ami secret!

Mais si personne ne me voit ---

À la gare RER de Monster Land, plusieurs personnes sont descendues en même temps que nous, dont un homme qui devait mesurer 2 mètres 50 de haut, qui portait un jean et un sweat-shirt à capuche. Il me rappelait quelqu'un. J'ai écrit sur ma tablette :

– Vous n'êtes pas Pantagruel, le Prince des géants?

– Tu te souviens de moi? a-t-il demandé, étonné.

– Oui, mais pourquoi vous n'avez pas vos habits de prince?

– Je les mets quand j'arrive au parc.

– Vous êtes un prince pour de faux, en fait?

– Dans la vraie vie aussi je suis un prince! a-t-il répondu en souriant. Qu'est-ce qui t'amène de si bonne heure? Tu devrais plutôt être à la maison, avec tes parents.

– Nous sommes ici pour chercher mon amie qui a disparu hier.

– J'ai entendu parler de cette histoire. La pauvre petite… Mais ils ont fouillé partout, non?

– Nous allons la retrouver, ai-je écrit.

– Qui ça, «nous»?

– Moi et ma meilleure amie, Aube. Vous ne pouvez pas la voir, mais moi si!

Le prince Pantagruel m'a observée avec intérêt, sur mon vélo.

– Aube est-elle assise sur ton guidon? a-t-il dit.

Aube l'a regardé, impressionnée.

– Il est drôlement intelligent, ce prince.

- il est drôlement intelligent, ce prince.

J'ai dit à Pantagruel :

– Oui, elle est sur mon guidon. Et elle aime bien comment vous remarquez les choses !

– Monster Land n'est pas encore ouvert au public. Je suis là tôt, aujourd'hui, parce que j'ai un autre travail dans le parc. Chaque matin, avant d'enfiler mon costume de prince, je fais le ménage pendant trois heures. Ça me permet de gagner un peu plus d'argent, et on en a besoin, en ce moment. Ma petite amie ne va pas bien.

– Oh, désolée ! ai-je écrit. Elle est malade ?

Pantagruel a hoché la tête et j'ai compris qu'il valait mieux ne pas poser d'autres questions. Je lui ai juste touché l'épaule et j'ai écrit :

– Quand j'ai appris à parler avec ma tablette et que je pensais que je n'y arriverais jamais, ma professeure, Josiane, me disait juste un mot : «Courage.»

– Merci, a dit Pantagruel. On a besoin de beaucoup de courage, dans la vie.

Quand nous sommes arrivés devant les portes de Monster Land, il a sorti un petit carnet de sa poche, puis il a griffonné une adresse e-mail sur une feuille. Il me l'a donnée en disant que, si j'avais besoin de son aide, je ne devais pas hésiter à le joindre.

– C'est très utile d'avoir un géant comme ami, m'a dit Aube tandis que Pantagruel s'éloignait. Et j'ai vraiment envie de visiter Monster Land. Ça a l'air trop bien !

c'est très utile d'avoir un géant pour ami.

Avant tout, nous devions aller dans le parc où avait disparu Lucie. Le soleil commençait à se lever. Non loin de là, j'ai aperçu l'homme trop gentil que les Cruellas avaient accusé d'avoir fait peur à Lucie. Il tenait un grand râteau à la main et ratissait la terre à côté d'une magnifique plate-bande de fleurs. Il a eu l'air effrayé en me voyant venir vers lui sur mon vélo. Je tenais ma tablette, sur laquelle j'avais écrit :

– Bonjour, Mahmoud !

– Comment connais-tu mon nom ? a-t-il demandé.

Je lui ai expliqué que j'étais là, la veille ; que la fille qui avait disparu était la meilleure amie de ma sœur ; que j'avais vu comment les horribles pestes et l'agent de sécurité l'avaient maltraité ; et que j'étais venue avec mon amie Aube pour retrouver Lucie.

– Ton amie Aube ? De quoi parles-tu ?

– Mon amie vit dans un endroit qui s'appelle Sésame et elle est venue me rendre visite ici, dans le Monde dur, où personne ne peut la voir sauf moi.

– Qu'est-ce que c'est que cette histoire de fou ? a dit Mahmoud. Tu dois rentrer chez toi, maintenant ! Je risque encore de gros ennuis si on me voit en train de te parler.

– S'il te plaît, dis à Mahmoud que je trouve ses fleurs très belles, a murmuré Aube à mon oreille.

J'ai écrit exactement ce qu'elle m'a dit et je l'ai montré à Mahmoud. Il a secoué la tête en s'exclamant :

– Plus un mot ! C'est trop dur pour moi, tout ça.

– Votre fille a disparu, une fois, n'est-ce pas ? ai-je demandé.

Il m'a regardée comme si j'avais lu dans ses pensées. Ce qui était en effet le cas, car je l'avais vu songer :

« C'est trop douloureux. Cela me rappelle le jour où Angélique a disparu... J'ai cru que je ne reverrais jamais ma petite fille. »

– Comment sais-tu ça ? a-t-il questionné, visiblement troublé.

Je lui ai parlé de mon pouvoir magique. Et je lui ai dit le nom de sa fille : Angélique.

– Tu me fais de plus en plus peur, a-t-il dit.

– Surtout pas ! Je m'appelle Aurore et je suis là pour aider les gens. C'est pour ça que je suis venue ici si tôt, ce matin, avec mon amie Aube. Ma mère risque d'avoir de gros ennuis parce que la mère de Lucie l'a accusée à tort...

– Oui, j'ai entendu ça, hier. Cette femme s'est pointée avec une amie, à moto, quand la police était en train de chercher partout cette jeune fille et elle m'a crié dessus comme si tout était ma faute. Elle m'a montré du doigt en disant que quand on a un visage comme le mien, on ne doit pas aller dans les endroits où les enfants viennent s'amuser. L'autre femme lui a dit d'arrêter de dire des choses affreuses, mais elle a continué. Elle a expliqué aux policiers qu'ils devaient arrêter la mère de l'amie de sa fille, que c'était à cause d'elle qu'elle avait disparu. Mais moi, j'ai vu ce qui s'est passé, avec ces horribles pestes qui la harcelaient. Et elles ont raconté que je l'avais touchée, alors que je ne l'ai pas fait.

– Et les policiers vous ont cru, finalement, ai-je écrit. Maintenant, vous devez absolument m'aider, Mahmoud. Pour que Maman n'ait pas de problèmes.

– Pourquoi tu ne parles pas?

– Je suis handicapée, il paraît.

– Comme moi, a répondu Mahmoud.

– Mais tout le monde a un problème, dans le Monde dur, non? a dit Aube.

– Ici, les gens considèrent le handicap comme un truc vraiment trop bizarre. Pas normal, lui ai-je répondu.

– J'en sais quelque chose, a soupiré Mahmoud. Je vis avec ce visage depuis que mon papa a fait faire un tonneau à notre voiture quand j'avais dix ans.

– La voiture a pris feu? ai-je demandé.

Il a hoché la tête. Je l'ai vu penser :

«J'espère que cette étrange petite fille ne va pas me poser d'autres questions là-dessus.»

Alors j'ai fait ce que Josiane m'a conseillé quand je mets les gens mal à l'aise : j'ai changé de sujet.

– Le soleil est levé maintenant et Maman va se réveiller et m'envoyer un message pour me dire de rentrer tout de suite à la maison. Et la maman de Lucie ira lundi à la banque où travaille Maman pour raconter à son patron un tas de mensonges horribles sur ce qui s'est passé. Maman risque de perdre son travail. Donc il faut que je fasse vite. Pouvez-vous juste nous montrer, à Aube et à moi, où les policiers ont cherché Lucie ?

Mahmoud a hésité un moment, comme si c'était la dernière chose qu'il avait envie de faire. Il a dit :

– Les policiers n'ont pas réussi à la trouver hier soir, alors qu'ils avaient des chiens policiers pour les aider. Comment nous, nous pourrions y arriver ?

– Explique à Mahmoud que nous allons employer une autre méthode que celle de la police, m'a murmuré Aube.

J'ai écrit ce qu'elle avait dit, et j'ai ajouté :

– Si personne ne la trouve, Lucie sera perdue pour toujours. Nous devons absolument essayer !

Mahmoud a jeté un coup d'œil autour de lui, puis il a regardé sa montre, puis il a fermé les yeux (visiblement, c'était une décision importante), puis il les a rouverts. J'ai vu qu'il était terrifié. Il pensait :

« S'ils me voient avec cette petite fille, je vais encore avoir des problèmes. »

– Il n'y aura pas de problèmes, Mahmoud, ai-je écrit. Si on me pose la question, je dirai : c'est un homme gentil. Et Aube pense comme moi.

– Ton amie invisible existe réellement ? a-t-il demandé.

Si c'est ma meilleure amie,
   c'est qu'elle existe pour moi

– Si c'est ma meilleure amie, c'est qu'elle existe pour moi.

– Ça se tient, a lancé Mahmoud en relevant son râteau. Suis-moi !

aucune trace de Lucie

Pendant une demi-heure, Mahmoud nous a montré, à Aube et à moi, chaque recoin du parc. Dans un petit bois, certains arbres avaient des grands trous dans leur tronc. Des cachettes idéales. Mais aucune trace de Lucie. Il y avait une magnifique mare, avec des cygnes et des canards. Aucune trace de Lucie. Ni dans les herbes hautes, où Aube et moi avons rampé en nous disant qu'elle avait peut-être trouvé un endroit à l'abri des regards.

– Les chiens ont reniflé partout, a objecté Mahmoud quand on a insisté pour passer au peigne fin la végétation autour de la mare.

– Dis-lui qu'on est très fortes pour trouver les cachettes, m'a suggéré Aube.

J'ai montré à Mahmoud deux terriers assez grands pour que quelqu'un puisse s'y cacher. Aucune trace de Lucie. Ni dans la grotte que nous avons découverte à côté d'un ensemble de rochers, à l'autre bout du parc.

– Les chiens policiers sont allés là aussi, a dit Mahmoud.

Nous lui avons quand même emprunté un briquet pour regarder dans l'obscurité.

– Tu n'as pas peur du noir ? ai-je demandé à Aube.

– Il ne fait jamais vraiment noir, à Sésame, tu sais. Mais j'imagine qu'on peut en avoir peur dans le Monde dur, même s'il y fait souvent sombre.

– Ici, il fait carrément super noir ! ai-je dit en levant le briquet au-dessus de ma tête.

Je sais que Lucie n'a pas peur de l'obscurité : un jour, elle nous a raconté, à Émilie et à moi, que quand elle était triste parce que sa mère ou les terreurs de l'école la maltraitaient elle se cachait dans un placard, chez elle ; ou, à l'école, dans une cachette qu'elle a trouvée, un cagibi où les personnes qui font le ménage rangent les balais et les serpillières. Et je sais qu'elle a toujours une petite lampe électrique sur son porte-clés. Et aussi un carnet et un crayon dans sa poche.

– Regarde, là-bas ! a dit Aube.

J'ai eu l'espoir de voir Lucie, dans un coin de la grotte ! Mais non... Aube me montrait un simple morceau de papier, que quelqu'un avait dû laisser tomber. Quand je l'ai ramassé et approché de la flamme du briquet, j'ai vu ce dessin :

En dessous était écrit :

$$a^2 + b^2 = c^2$$

— Ça doit être un code secret, a dit Aube.

— Des maths, plutôt, ai-je répondu. Ce qui veut dire que Lucie était là !

Nous nous sommes précipitées dehors pour rejoindre Mahmoud et lui montrer le papier.

— Ça ressemble à ce que Lucie écrit ? a-t-il demandé.

J'ai hoché la tête.

— Je ne comprends pas comment il a pu échapper aux policiers et à leurs chiens…, s'est-il dit, étonné. Je les ai amenés ici. Ils sont entrés dans la grotte et ils ont fouillé.

— Eh bien, ils n'ont pas trouvé ce papier, ai-je écrit.

— Demande à Mahmoud si la mère de Lucie était avec les policiers, a chuchoté Aube.

J'ai écrit la question pour Mahmoud. Il a répondu :

— Oui. Elle est arrivée au moment où le soleil se couchait et elle a accompagné la police avec les chiens. Elle n'arrêtait pas de crier et d'être furieuse contre sa fille folle et son idiote d'amie qui l'avait entraînée dans tout ça.

— C'est de ma sœur qu'elle parlait, ai-je écrit.

— Je parie que quand Lucie a entendu sa mère hurler comme ça, elle a eu peur et elle est partie de la grotte en courant, a murmuré Aube.

Ça doit être un code secret

Des Maths plutôt!

– C'est ça ! ai-je écrit. C'est ce qui a dû se passer, c'est sûr !

Puis j'ai écrit pour Mahmoud :

– Comment a-t-elle pu quitter la grotte sans être vue par la police ?

– Il y a une sortie de secours, tout au fond, a-t-il expliqué.

– Vous pouvez nous la montrer, s'il vous plaît ?

Nous sommes immédiatement retournés dans la grotte. La lumière du soleil y pénétrait par l'entrée et par des fissures dans la roche. Mahmoud a marché avec nous jusqu'à l'endroit où Aube avait trouvé le papier de Lucie. Il y avait un mur de pierre. Et, derrière ce mur, un espace caché… avec une porte où était écrit «Sortie de secours».

– Les gérants du parc ont été obligés de mettre une issue de secours dans cette grotte : les enfants viennent souvent y jouer, il fallait une deuxième sortie.

– La police a vu ça, hier ?

– Je leur ai montré la porte et je leur ai expliqué qu'elle donnait sur une entrée de service de Monster Land qui est située à l'arrière. Seuls les gens qui travaillent ici connaissent l'existence de cette entrée.

– Mais quelqu'un qui sort en courant de la grotte par cette issue de secours peut voir cette entrée ? ai-je demandé.

– Sans doute. Et avec un peu de chance, elle peut être ouverte. Elle est tellement cachée et peu connue que les gens qui travaillent dans le parc oublient souvent de la fermer. En plus, c'est par cette porte qu'arrivent les livraisons, durant la journée.

– Donc Lucie a pu entendre sa mère, avoir peur, trouver la sortie de secours et entrer dans Monster Land sans se faire repérer ? ai-je écrit.

– Mais la police a aussi fouillé Monster Land, non ? a demandé Aube.

J'ai transmis sa question à Mahmoud.

– Bien sûr, a-t-il répondu.

– Je parie qu'ils n'ont pas pensé à des endroits où elle peut se cacher dans le noir ! ai-je dit.

Une idée complètement dingue venait de me traverser l'esprit. Je l'ai aussitôt murmurée à Aube. Qui m'a répondu, en murmurant, elle aussi :

– Il faut qu'on trouve le géant !

J'ai sorti le morceau de papier sur lequel Pantagruel avait griffonné son adresse e-mail et je lui ai écrit sur ma tablette :

    Bonjour, Prince des géants. Aube et moi,
    on a absolument besoin de votre aide, tout
    de suite ! On peut se retrouver à la porte
    arrière de Monster Land ?

Il a répondu immédiatement :

    J'y serai dans cinq minutes.

Il est arrivé pile à l'heure. Un gardien se tenait devant la porte. Pantagruel et Mahmoud étaient obligés de nous faire passer, Aube et moi, devant cet homme qui me regardait d'un air méfiant.

– C'est votre sœur ou votre nièce et vous essayez de la faire rentrer à l'œil, c'est ça ? a-t-il dit à Pantagruel.

– Je suis là pour une enquête de police, ai-je écrit.

Le gardien a ricané.

– Bien sûr ! Et moi, je suis un astronaute, et je viens de passer une journée sur Mars.

– L'inspecteur Jouvet m'a désignée comme son adjointe. Nous sommes à la recherche de la jeune fille qui a disparu et nous devons faire vite. Une nuit s'est déjà écoulée. Laissez-nous entrer et travailler, s'il vous plaît.

Le gardien a levé les yeux au ciel. Puis il s'est tourné vers Mahmoud et Pantagruel.

– C'est un sacré numéro, cette gamine ! Et pourquoi elle fait ce truc bizarre d'écrire sur son écran au lieu de parler ?

Mahmoud a failli se mettre en colère contre le gardien, mais il s'est retenu. Il s'est contenté de le dévisager un moment, avec un air dur, avant de dire :

– Elle est comme moi : différente. Ça vous pose un problème ?

Le gardien s'est raidi, comprenant qu'il n'avait pas été correct.

– Entrez, a-t-il dit en nous faisant signe d'avancer. J'espère que vous allez trouver la petite.

Tandis que nous nous dirigions vers le centre de Monster Land, j'ai montré à Pantagruel le papier qu'on avait trouvé dans la grotte. Je lui ai dit que j'étais certaine que c'était Lucie qui avait dessiné le triangle et écrit le code secret parce qu'elle était vraiment trop forte en maths. Pantagruel a examiné la feuille avec des yeux grands comme des soucoupes.

– Ton amie est brillante! a-t-il commenté. Ce qu'elle a dessiné est une des plus célèbres figures géométriques. Elle nous vient d'un Grec de l'Antiquité qui s'appelait Pythagore. Tu comprends ce qu'elle fait, ton amie, avec ça?

J'ai secoué la tête et j'ai écrit :

– Je suis très mauvaise en maths.

– Pythagore a découvert que, quand un triangle a un angle droit, si on dessine des carrés sur chacun des trois côtés du triangle, le plus grand carré a exactement la même surface que les deux autres ensemble. C'est la formule que ton amie a écrite : $a^2 + b^2 = c^2$. La même que celle que Pythagore a trouvée, il y a des milliers d'années!

– Comment vous savez tout ça? ai-je demandé.

Pantagruel a baissé la tête et il a dit :

– Avant, j'étais comme ton amie, très fort en maths. Mais je ne travaillais pas. Alors maintenant, je suis géant dans un parc d'attractions.

– Vous êtes un géant génial! ai-je répondu.

– J'aurais mieux fait d'être un mathématicien génial.

– Il est encore temps, non?

– Peut-être… Est-ce que tu sais pourquoi cette formule est si importante? Je me rappelle précisément les mots de mon professeur : «Elle nous permet de mesurer une distance dans un monde plat, et de comprendre la géométrie de l'univers.»

– Et Lucie l'a écrite en vitesse, quand elle était cachée, pour se calmer, m'a dit Aube. S'il te plaît, demande à Mahmoud où est allée sa fille quand elle a disparu.

J'ai expliqué à Mahmoud qu'Aube avait une question à lui poser et je lui ai répété ce qu'elle m'avait dit. Mahmoud nous a raconté que, dix ans plus tôt, quand sa fille Angélique avait dix-sept ans, son petit ami l'avait quittée et qu'il avait rencontré une autre fille. Angélique avait beaucoup de peine. Elle pleurait tout le temps, elle ne dormait plus, trouvait tout moche et disait qu'elle n'aurait plus jamais de petit copain. Et un jour elle avait carrément disparu. Impossible de la trouver. Jusqu'au moment où un policier avait demandé à Mahmoud : «Quelle est la chose que votre fille aime le plus au monde?» Mahmoud lui avait répondu que c'était le football, et qu'elle était supporter de l'équipe du Paris-Saint-Germain.

– C'est très tôt le matin que j'ai donné ce détail important au policier. Il a tout de suite passé un coup de fil. Dix minutes plus tard, trois voitures de police fonçaient vers le Parc des princes, là où joue le PSG. Et ils ont trouvé ma fille endormie devant une des entrées du stade…

– C'est ça! ai-je écrit. Lucie a fait la même chose! Elle est allée dans un lieu où elle se sent en sécurité, comme Angélique. Un endroit lié à ce qui la rend le plus heureuse : les maths.

Je me suis tournée vers Pantagruel et je lui ai demandé :

– Qu'est-ce qui pourrait avoir un rapport avec les maths, à Monster Land?

– Dans l'attraction de la «Momie égyptienne», il y a une salle dont les murs sont couverts de nombres.

– C'est là-bas qu'on doit aller, illico! ai-je écrit.

Je me suis souvenue que Lucie, la veille, avait dit qu'elle voulait visiter cette attraction à cause d'une salle dont elle avait entendu parler. C'était ça : la salle avec les nombres!

– C'est à l'autre bout du parc, a dit Pantagruel.

Tout à coup, un e-mail est apparu sur ma tablette. Maman! Paniquée!

```
Aurore, pourquoi es-tu partie comme ça, à
vélo, en plein milieu de la nuit? Je suis très
inquiète et un peu fâchée. Réponds-moi pour
me dire que tu vas bien et que tu reviens tout
de suite! Je t'aime.
Maman.
```

Je lui ai écrit vite fait pour qu'elle ne s'inquiète pas et me suis reconcentrée sur ma mission.

il y a une salle
dont les murs
sont couverts
de mombres

— On est à combien de temps de la «Momie égyptienne», ai-je demandé.

— Environ dix minutes à pied, a répondu Pantagruel.

— Est-ce que vous pouvez m'y emmener sur mon vélo ?

— Je suis trop grand. Toi et Aube, vous y allez à vélo, et moi je marcherai vite.

— Mahmoud, s'il vous plaît, vous pouvez appeler tout de suite l'inspecteur Jouvet et lui dire de venir le plus vite possible à Monster Land ? ai-je écrit en tendant la carte que l'inspecteur m'avait donnée la veille.

— Il ne le fera pas si c'est moi qui le lui demande.

— Vous lui direz que c'est moi qui vous ai dit de l'appeler et il viendra. Je suis son adjointe, après tout !

— Le temps presse, Aurore, a dit Aube. Il faut y aller !

— Comment pourrons-nous reconnaître l'attraction ? ai-je demandé à Pantagruel.

— Il y a une grande pyramide et une momie devant.

— Parfait, on va trouver, ai-je écrit.

Et hop ! nous avons sauté sur le vélo, Aube s'est agrippée au guidon pendant que j'appuyais à fond sur les pédales. En se retrouvant tous devant l'attraction de la «Momie égyptienne», nous avons vu un homme en uniforme et casquette à visière qui se tenait devant l'entrée. Il m'a aussitôt crié :

— Hé, toi ! Qu'est-ce que tu fais ici à cette heure ? Et où sont tes parents ?

Je marcherai vite.

– Nous devons entrer immédiatement dans le tombeau de la momie ! Enquête de police, ai-je écrit.

– Enquête de police ? La police, c'est moi qui vais la prévenir, parce que tu t'es introduite dans le parc sans payer.

– Jamais je ne ferais quelque chose d'illégal ! Je suis l'adjointe de l'inspecteur Jouvet. Le géant Pantagruel m'a fait entrer. Vous pouvez demander au garde qui se trouve à l'entrée de service du parc.

– Je ne connais personne qui s'appelle Pantagruel. Tu vas venir avec moi au poste de sécurité. Je vais appeler la police pour que tu rentres chez toi.

– La fille qui a disparu hier est dans le tombeau de la momie ! Vous devez m'aider à la retrouver, ai-je écrit.

– Mais pour qui tu te prends pour me donner des ordres ? a-t-il dit, très en colère.

– J'ai un plan, a murmuré Aube dans mon oreille. Tu vois le sarcophage qui est là, celui avec des sièges à l'intérieur ? Regarde, il est rangé juste à côté de ce grand panneau de contrôle, où il y a un gros bouton rouge. Je compte jusqu'à trois, et à trois, tu lâches le vélo, on se précipite dans le sarcophage, on appuie sur le bouton, et hop ! on entre dans le tombeau pour trouver Lucie. OK ? Je ne pouvais rien écrire parce que le garde ne me quittait pas des yeux, alors j'ai juste hoché la tête. Le garde s'est fâché encore plus fort.

– Pourquoi tu hoches la tête comme ça en me regardant? Tu ne peux pas parler, comme tout le monde?

J'ai eu une idée. J'ai brandi ma tablette, après avoir écrit dessus :

– Pourquoi elle marche, la momie qui est derrière vous?

– Quoi? a-t-il hurlé en se retournant.

À ce moment-là, Aube m'a crié à l'oreille :

– Un, deux, trois!

J'ai lâché le vélo. On a sauté dans le sarcophage. On a atterri sur les sièges. J'ai tendu le bras pour appuyer sur le bouton rouge «Départ». Il y a eu des bruits très forts : des cris et des couinements. Une grande porte s'est ouverte. Le sarcophage a bondi en avant. L'agent de sécurité, en voyant ce qui se passait, s'est mis à hurler. Tout à coup, il y a eu plein de fumée autour de nous. Le sarcophage a foncé et plongé dans le noir. Et là, il y avait des momies et des squelettes partout. J'ai cru qu'Aube allait se mettre à crier — à Sésame, les choses qui font peur, ça n'existe pas —, mais elle a juste regardé devant elle, les yeux écarquillés, tandis que le sarcophage traversait un long tunnel, avec plein de pharaons, de chauves-souris et de lutins qui nous sautaient dessus. Et on a débarqué brutalement dans une pièce où il y avait des nombres écrits partout sur les murs, et…

– Regarde ! a hurlé Aube, plus fort que tous les bruits de momie complètement fous.

J'ai alors vu dans un coin de la pièce, la lumière d'une petite lampe de poche qui éclairait vers le bas.

«Lucie !» mourais-je d'envie de crier.

Le sarcophage a continué sa course en avant. Nous avons perdu Lucie. Et puis, soudain, tout s'est arrêté dans un crissement terrible. Le sarcophage a stoppé net. Quelqu'un avait coupé le courant. On entendait des voix, au loin, qui nous criaient de sortir immédiatement… qu'on allait avoir de gros ennuis… que la police allait venir pour nous arrêter !

– Descends du sarcophage, vite, et suis-moi, a dit Aube.

J'ai fait comme elle a dit et j'ai proposé :

– On n'a qu'à suivre les rails pour retourner à la salle des nombres !

Les agents de la sécurité qui étaient à notre poursuite avaient ouvert les portes principales de l'attraction et ils entraient dans le tunnel avec leurs lampes électriques. Aube et moi, on a commencé à courir. Les voix et les lumières nous suivaient juste derrière. Plus on approchait de la pièce des nombres, plus j'entendais clairement une petite voix qui murmurait quelque chose. Au moment où on est arrivées dans la pièce, j'ai perçu nettement la voix. Une voix toute douce, qui semblait fatiguée et effrayée. J'ai entendu, très distinctement :

– Aire d'un triangle = (B x h) : 2... Aire d'un trapèze = [(B + b) x h] : 2)... Volume d'un cube = c x c x c... c est égal à la longueur d'un côté...

Lucie !

Aube et moi nous nous sommes précipitées vers elle. Elle était recroquevillée dans un coin de la pièce, l'air épuisé et apeuré. Sa lampe torche éclairait son petit carnet, couvert de chiffres. Elle s'est levée d'un bond, terrifiée, en entendant le bruit de nos pas.

– Maman ! a-t-elle hurlé. Maman, s'il te plaît, ne sois pas fâchée ! Ne me fais pas de mal, s'il te plaît, Maman ! Je t'en supplie...

Et là, elle m'a vue.

– Aurore, a-t-elle murmuré.

– C'est moi, ai-je écrit.

– Tu m'as trouvée !

– Je t'ai trouvée.

Lucie s'est effondrée dans mes bras et elle a pleuré sur mon épaule. Je la tenais contre moi, et j'ai entendu les voix, tout près de nous. D'un seul coup, on s'est retrouvées avec plein de torches braquées sur nous. Et une voix furieuse — celle de l'agent de sécurité — a crié contre moi :

– Tu vas avoir de gros problèmes, jeune fille !

Lucie s'est mise à trembler entre mes bras. Je l'ai serrée bien fort.

Soudain, j'ai entendu une autre voix.

– Elle ne va pas avoir de problèmes du tout.

L'inspecteur Jouvet !

Il s'est approché de nous et il a posé gentiment sa main sur l'épaule de mon amie.

– Tu dois être Lucie, a-t-il dit.

Elle a hoché la tête. L'inspecteur m'a souri.

– Voilà ton premier cas résolu, Aurore !

Je voulais écrire : «Le premier d'une longue série, inspecteur !» mais Lucie pleurait toujours sur mon épaule. Et quand une amie pleure, il faut la garder dans ses bras.

Deux semaines après avoir retrouvé Lucie, j'ai reçu la meilleure nouvelle du monde. C'est Josiane qui me l'a annoncée, à la maison, devant Maman :

– Tu vas aller à l'école l'année prochaine, Aurore.

D'habitude, je ne fais pas de bonds dans tous les sens quand je suis excitée, mais là, j'ai sauté comme une folle. Une vraie école ! Avec des garçons et des filles de mon âge ! Où je pourrais me faire des amis ! En plus, c'était la même école qu'Émilie. Je serais juste trois classes en dessous d'elle. Et l'école était d'accord pour que, la première année, Josiane soit tout le temps avec moi. Comme une espèce d'ange gardien qui m'aiderait à m'habituer à ce nouveau monde tellement excitant.

Maman et Pap' étaient très heureux, évidemment. Et super fiers de moi. Émilie aussi était contente, elle serait là pour moi, dans cette nouvelle école.

Elle m'a toutefois prévenue :

– Tu n'as pas intérêt à venir me voir chaque fois que tu as un problème.

– Mais je n'ai jamais de problèmes, ai-je écrit.

– Tu vas en avoir, en entrant dans une vraie école.

Josiane m'a dit que ça allait être un défi de «m'intégrer» — encore un nouveau mot! — dans un «système éducatif normal», mais qu'elle serait à mes côtés et qu'elle était certaine que j'y arriverais.

– Je veux vraiment m'y faire une amie, ai-je écrit.

– Je suis sûre que tu vas te faire des amies, a dit Josiane. Et je te promets de ne pas être trop envahissante.

L'école m'a proposé de venir faire une visite. J'ai demandé si je pouvais amener ma Maman, mon Pap' et Josiane. La directrice a très gentiment dit qu'on pouvait tous venir et elle a proposé un jour précis :

– Il y aura un événement spécial que j'aimerais bien que tu voies. Et après tout ce que tu as fait pour retrouver Lucie, je tiens à t'accueillir personnellement.

La directrice s'appelle Mme des Forges. Quand nous sommes arrivés, avec Maman et Pap', elle nous a reçus dans son bureau. Puis elle nous a montré la classe où je serai l'année prochaine et elle m'a présentée à Mme Chamaillard. C'est elle qui sera ma professeure principale. Elle avait l'air très gentille, et elle m'a dit qu'elle avait appris comment j'avais mené l'enquête sur la disparition de Lucie. Elle m'a souri d'un air affectueux, mais aussi, elle m'a dit que, à son avis, ça serait mieux de ne pas trop en parler à l'école, parce que mes camarades «risqueraient d'être un peu jaloux».

– Ne vous inquiétez pas, ai-je écrit. Je ne me vante jamais de ce genre de choses.

– J'en suis sûre, Aurore. Mais étant donné la manière dont tu communiques avec les autres, au début, on te verra différemment. Et je veux que tu sois bien consciente que...

– Je ne me laisserai pas embêter! ai-je dit. Et je ferai de mon mieux pour m'intégrer, même si je ne parle pas comme tout le monde.

– Pas encore, a précisé Josiane, qui nous avait rejoints.

J'ai juste haussé les épaules. Je sais bien que c'est le rêve de Josiane, mais rien à faire : chaque fois que j'essaie de dire «je», aucun son ne sort. Ce pouvoir magique, je ne l'ai pas.

Pap' a passé son bras autour de mes épaules et il a dit à Mme Chamaillard et à Josiane :

– Aurore est pleine de surprises. Elle prononcera son premier mot quand elle se sentira prête.

– Alain a raison, a ajouté Maman. Elle a fait des progrès incroyables et on ne veut pas lui mettre de pression pour qu'elle parvienne à maîtriser la parole. Elle nous parle grâce à sa tablette et c'est très bien.

Maman et Pap' étaient d'accord sur une chose, et cette chose, c'était moi.

Ensuite, Mme des Forges a dit :

– Je suis certaine que tu vas réussir brillamment, Aurore. Surtout avec ton ange gardien qui veillera sur toi.

Et cette chose, c'était moi.

Maintenant, je vous invite tous à nous rejoindre sous le préau dans cinq minutes. Ce qui va s'y passer aujourd'hui vous intéressera sans doute beaucoup.

Le préau était rempli : les élèves de toutes les classes étaient là. La directrice est montée sur l'estrade, accompagnée de Lucie ! Tout le monde a applaudi. Au début, Lucie était très intimidée, puis, en entendant les applaudissements, elle s'est mise à sourire. Tandis que la directrice demandait le silence, j'ai aperçu Émilie qui scrutait la foule. Quand elle nous a vus, Maman, Pap' et moi, elle nous a fait un petit signe et elle a demandé à sa professeure principale si elle pouvait nous rejoindre. Elle a couru jusqu'à nous et nous a tous serrés dans ses bras. Du coup, on s'est retrouvés tous ensemble, à l'arrière, comme une vraie famille (et Émilie a pris Josiane par le bras, pour lui montrer que, elle aussi, elle faisait partie de la famille). La directrice a annoncé que, pour commencer la réunion, un groupe de filles allaient se lever et parler devant tout le monde. J'ai écarquillé les yeux en voyant Dorothée et sa bande de Cruellas monter sur l'estrade. Elles, personne ne les a applaudies. Au contraire : un murmure a résonné sous le préau, qui a bien montré que ces filles-là n'étaient pas du tout aimées et qu'elles avaient semé la terreur pendant trop longtemps. Puis l'assemblée est devenue silencieuse. Dorothée, l'air paniqué, a sorti une feuille de papier et elle a commencé à lire un petit discours qui disait que c'était mal de harceler ; que c'était horrible de faire souffrir quelqu'un ; que les harceleurs avaient souvent aussi peur que les gens à qui ils s'en prenaient et qu'ils se servaient du harcèlement pour cacher cette peur ; qu'elle, Dorothée, comprenait maintenant tout le mal qu'elle avait fait à Lucie et à tellement d'autres, dans l'école, et qu'elle voulait s'excuser auprès de tout le monde. Et surtout de Lucie.

Les autres Cruellas sont venues l'une après l'autre s'excuser devant toute l'école. Il y a eu quelques acclamations polies, à la fin, mais c'est surtout quand Lucie a serré dans ses bras Dorothée et toutes ces filles qui avaient été si méchantes avec elle qu'il y a eu un tonnerre d'applaudissements.

Ensuite, Lucie a fait ce qu'il y a de mieux face à des personnes qui vous ont fait du tort : elle a montré à quel point elle était intelligente. Encouragée par la directrice, elle s'est approchée du tableau noir et a commencé à nous expliquer comment une simple équation pouvait changer le monde :

$$F = \frac{G\,M_1 M_2}{d^2}$$

– Avec cette équation, un célèbre mathématicien qui s'appelait Newton a expliqué la loi de la gravitation universelle, en prouvant que la Terre, et donc nous, ne sommes pas le centre de l'univers, et qu'un astronome très connu qui s'appelait Galilée avait raison : la Terre est juste une des nombreuses planètes qui tournent autour du Soleil. Newton a montré que, même si la plupart d'entre nous pensent que nous sommes le centre de tout, nous ne sommes en réalité que de minuscules particules au milieu d'un très grand univers.

Après la réunion, Émilie a dû retourner en classe et Josiane avait rendez-vous chez le dentiste. Elle aurait bien aimé annuler («Qui aime aller chez le dentiste?»), mais c'était impossible. Donc Maman et Pap' m'ont emmenée déjeuner! Nous sommes allés dans mon café préféré et j'ai pu commander un croque-monsieur avec des frites — j'adore ça! Ce jour-là, comme a dit Pap', on avait plein de choses à fêter : «Aurore qui a retrouvé Lucie, tout est bien qui finit bien. Aurore qui va bientôt aller dans une nouvelle école. Lucie qui pardonne aux harceleuses...»

Maman a ajouté :

– Et la maman de Lucie qui va voir un docteur pour apprendre à contrôler sa colère et qui va essayer de bien s'occuper de Lucie à partir de maintenant.

– Ça, c'est un sacré changement, a dit Pap'. Où as-tu entendu ça?

– Nous vivons dans un petit monde, a répondu Maman.

– Moi aussi, j'ai une bonne nouvelle, a annoncé Pap'.

– Raconte! ai-je écrit.

– J'ai eu de l'argent d'un type qui veut faire un film à partir d'un de mes romans.

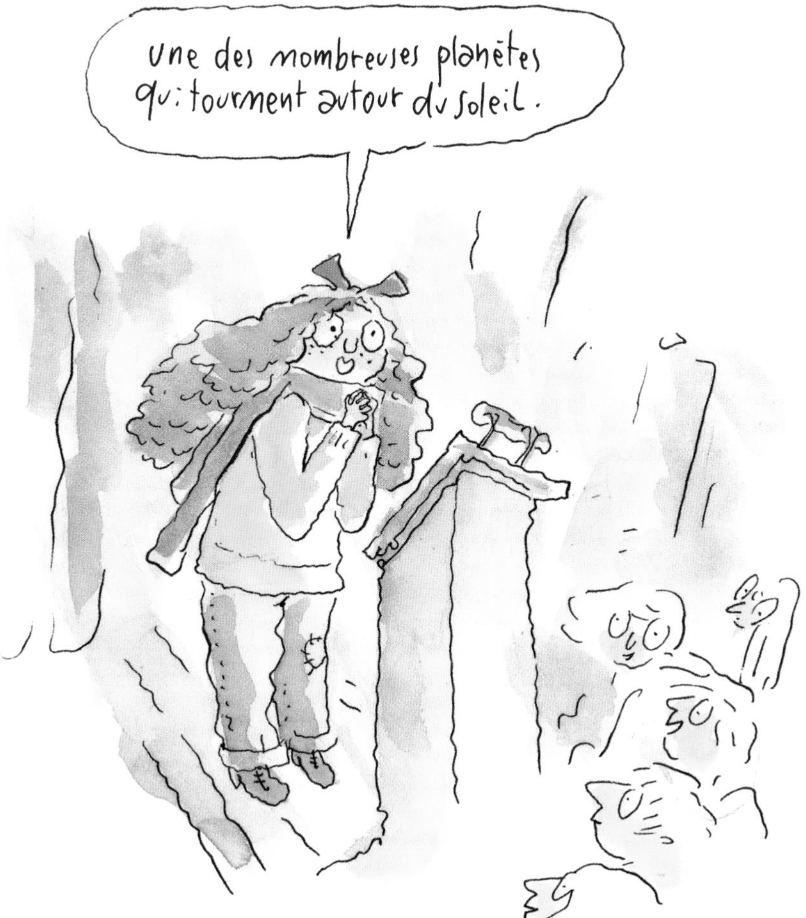
une des nombreuses planètes qui tournent autour du soleil.

– C'est génial, Pap' ! Je pourrai avoir un rôle dedans ?

– Je verrai ce que je peux faire ! En fait, le producteur, un gars qui s'appelle Sydney, parle beaucoup et il est toujours sur son téléphone. Il ne se passera sans doute rien du tout...

– Mais non, Pap' !

– Ça marche comme ça, dans le cinéma, tu sais. Beaucoup de bla-bla. De toute façon, que le film se fasse ou non, l'argent nous permettra, à Chloë et à moi, de verser un acompte pour acheter un appartement que nous avons trouvé, dans la rue où nous habitons en ce moment. Chloë a un projet pour le web qui vient d'être choisi, on va donc pouvoir prendre un quatre-pièces. Comme ça, quand vous viendrez, Émilie et toi, vous aurez chacune votre chambre.

– Et Chloë va pouvoir avoir un bébé, je suis sûre qu'elle en rêve, a dit Maman.

À peine a-t-elle fini sa phrase que je l'ai vue penser : « Quelle idiote ! C'est vraiment maladroit de dire ça ! »

Pap' a bien réagi. Il a donné une petite caresse sur la main de Maman et il a dit :

– Qui sait ce que demain nous réserve ? Ce qui compte, c'est que, même si nous sommes séparés, nous sommes ensemble pour nos filles.

Tandis qu'il parlait, je me suis surprise à penser : « Ça ne me dérange pas si Pap' a un enfant avec Chloë...

du moment que ça n'est pas une fille comme moi. Je veux rester pour toujours la princesse de Pap'!»
Heureusement que Pap', lui, ne peut pas voir derrière mes yeux. N'empêche, ça m'a fait plaisir de le voir prendre la main de Maman et lui demander :
– On est toujours amis, non?
Maman a baissé la tête, elle a ravalé ses larmes, et elle a dit :
– Oui, nous sommes amis.

Ce soir-là, à la maison, l'ami de Maman, Pierre, est venu dîner et il a gentiment parlé avec moi. Il s'est intéressé — ou il a fait comme si — à ce que je lui racontais et il n'a pas arrêté de dire que j'avais une maman extraordinaire. Quand Pierre et moi on n'a plus rien eu à se dire (et je suis rarement à court, pourtant!), je suis allée dans ma chambre, et là, j'ai entendu Maman dire à son amoureux qu'il fallait qu'ils discutent sérieusement, tous les deux ; qu'elle sentait que quelque chose devait changer entre eux ; que cela ne lui suffisait pas ; qu'elle voulait qu'ils soient juste amis, à partir de maintenant. Pierre a eu l'air très triste, il a dit qu'il ne pouvait pas imaginer sa vie sans Maman. À ce moment-là, j'ai préféré fermer ma porte et faire un petit tour à Sésame.

La soirée était magnifique, rue du Théâtre! Aube et moi, on a sauté sur notre tandem, puis on a filé dans une boutique qui vend les meilleures glaces à la pistache du monde et on a ensuite trouvé un banc dans le parc, pour s'asseoir et parler. Je n'avais pas revu Aube à Sésame depuis qu'elle m'avait aidée à retrouver Lucie, et on avait des tonnes de choses à se raconter. Quand je lui ai annoncé la nouvelle que j'allais entrer dans une vraie école, l'année prochaine, elle était vraiment heureuse pour moi. Mais, aussi, elle m'a avoué, pour la première fois, que quelque chose l'inquiétait : quand j'aurais des amis dans le Monde dur, je ne viendrais peut-être plus la voir?

– On est amies pour la vie! lui ai-je dit, en la serrant dans mes bras. Et j'aurai toujours envie de passer du temps avec toi à Sésame. C'est trop chouette, et les couleurs sont tellement belles !

– Jamais je ne pourrais vivre dans le Monde dur, il fait trop gris, a dit Aube.

– Il y a un truc chouette, avec le gris : tu apprécies plus les jours où le ciel est bleu. Tout n'est pas toujours ensoleillé et joyeux. Le gris fait partie de la vie.

– C'est pour ça que tu adores venir à Sésame! Pas de gris!

– Oui, c'est vrai. Mais aussi, c'est parce qu'il y a la grisaille et des problèmes dans le Monde dur que j'ai des choses importantes à faire!

il y a un truc chouette, avec le gris.

Une de ces choses importantes, c'était l'inspecteur Jouvet. Quelques jours plus tard, j'ai reçu un e-mail de lui sur ma tablette. Il me demandait si je pouvais passer au commissariat.

> J'ai une question sérieuse à te poser ! Et j'aimerais beaucoup te présenter certains de mes collègues, qui seront ravis de te connaître.

Maman et Pap' m'ont proposé de m'emmener au commissariat. Josiane aussi. Finalement, j'ai demandé à Josiane de m'y déposer et d'aller faire un tour dans le coin pendant mon rendez-vous.

– Je t'enverrai un message quand j'aurai fini, lui ai-je dit. Quand je saurai pourquoi l'inspecteur Jouvet voulait me voir.

Alors ce jour-là, après ma leçon, Josiane m'a accompagnée devant le commissariat. Elle m'a serrée contre elle et elle m'a dit que si les policiers me demandaient de faire des choses que je ne voulais pas faire, j'avais le droit de leur dire que ce qu'ils me proposaient ne m'intéressait pas.

– Ne t'inquiète pas, ai-je écrit à Josiane. Je sais me défendre.

– Ça, je le sais bien !

Quand je suis entrée dans le commissariat, l'inspecteur Jouvet m'a accueillie à la réception avec un grand sourire.

Je t'enverrai un meilage quand j'aurai fini.

– Je suis tellement heureux que tu aies accepté de venir aujourd'hui, Aurore, a-t-il dit.

Il m'a emmenée dans une salle de réunion où cinq de ses collègues — trois femmes et deux hommes — étaient autour d'une grande table.

– Je te présente mes meilleurs enquêteurs, a-t-il dit. Je leur ai parlé de ton pouvoir magique. Ils ne me croient pas ! Mais je sais que tu peux leur prouver ce dont tu es capable. Donc, si tu veux bien me dire à quoi chacun d'eux est en train de penser...

J'ai observé chacune de ces personnes, l'une après l'autre. Et j'ai écrit, en les montrant à tour de rôle :

– «Encore un de ces tours de magie comme on en voit dans les goûters d'anniversaire des gamins. Quel ennui... »

Et :

– «J'espère que ça ne va pas durer des heures, comme la dernière réunion d'équipe que Jouvet nous a infligée... »

Et :

– «Marc m'a dit que si j'oubliais encore une fois d'aller chercher les enfants à l'école, il ne me laisserait pas aller à mon cours de tango vendredi soir... J'en ai marre de ses menaces ridicules de gamin. »

Et :

– C'est vraiment gênant.

Pour le coup, ça n'était pas une pensée, mais une des enquêtrices qui a parlé tout haut quand j'ai raconté cette histoire de leçon de tango.

je te présente mes meilleurs enquêteurs.

"— je suis contente d'aider "

– Je n'invente rien, ai-je écrit.

– Nous le savons bien, a dit l'inspecteur Jouvet. Et je pense pouvoir dire au nom de tous que…

– … cette jeune fille est extraordinaire, a continué un autre enquêteur.

– Stupéfiante ! a ajouté la voix d'un troisième détective.

– Et elle peut nous être d'une grande aide, a dit l'inspecteur Jouvet. Si tu acceptes de travailler avec nous, Aurore.

J'ai réfléchi un moment, puis j'ai répondu :

– Je suis contente d'aider si c'est pour faire le bien.

– C'est exactement ça, Aurore.

– J'ai quand même une inquiétude : personne ne connaît mon pouvoir magique, en dehors de ma professeure, Josiane, de Mahmoud et de vous. Est-ce que cela peut rester un secret entre nous ?

– Je te le promets. Et mes collègues également.

Ils ont tous hoché la tête pour montrer qu'ils étaient d'accord.

Avec un énorme sourire, j'ai fait le tour de la table et j'ai serré la main de tout le monde.

L'inspecteur et moi sommes sortis dans le couloir. J'avais encore des questions à poser.

– Et j'aurai beaucoup d'aventures ?

– En tant que policiers, nous nous occupons de la pagaille que sèment les gens, a répondu l'inspecteur Jouvet. Et la pagaille humaine, c'est toujours une aventure.

– Et je serai votre adjointe ?

-La pagaille humaine, c'est toujours
une aventure-

–Enquête de police...

... c'est top secret.

– Tu l'es déjà, Aurore, a-t-il répondu. Juste une chose importante : ce que nous te demanderons de faire et les affaires sur lesquelles tu travailleras avec nous, tout ça doit rester absolument secret.

– Comme mon pouvoir magique !

– Exactement.

J'ai alors dit à l'inspecteur Jouvet :

– Je suis prête à commencer quand vous voulez.

– Dès que nous aurons une affaire importante, nous te mettrons dessus, a dit l'inspecteur.


Sur le trajet du retour, Josiane m'a dit que j'avais l'air encore plus heureuse que d'habitude : mon rendez-vous avait dû bien se passer.

J'ai juste hoché la tête. Josiane a insisté pour que je lui raconte ce que l'inspecteur Jouvet m'avait demandé de faire et j'ai été obligée de lui dire :

– Enquête de police... C'est top secret !

– Intéressant, a dit Josiane.

– Je suis Aurore ! Tout ce que je fais est intéressant. Et tout est une aventure !

– Suite à la prochaine affaire, alors ? a demandé Josiane.

– Suite à la prochaine fabuleuse aventure d'Aurore !

– Qui sera... ?

– Pas la moindre idée ! ai-je écrit. C'est pour ça que c'est une vraie aventure !

**Fin**
(pour l'instant...)

Achevé d'imprimer en France par Pollina - 88263
S29036/01

Pocket Jeunesse, une marque d'Univers Poche,
est un éditeur qui s'engage pour
la préservation de son environnement
et qui utilise du papier fabriqué à partir
de bois provenant de forêts gérées
de manière responsable.